U0153356

凝煉知識品味閱讀

凝煉知識品味閱讀

當代
極短篇選讀

陳謙、古嘉 編著

五南圖書出版公司 印行

主編序

在資訊爆炸的21世紀，每個人都是資訊流的守門人，因此，閱讀品味的養成，正是自我訓練自我篩選的最佳利器。

閱讀是開啓世界大門的鑰匙，但大學生的文本閱讀力正逐年下滑也是不爭的事實，不高踏於抽象隱晦的象徵，但求明朗又不失人情信美的關懷，在多折衝的人世間找尋正向的前進的定位，不就是文學創作者夙夜匪懈的初衷？所以選本的編選若是可以符合知識上的探求，及對文學美學的關照，那就是一種良善的選擇。

本書輯錄黃春明、愛亞、平路、蔡素芬、顧蕙倩等三十三位作家代表性之作品於一冊，編選初衷雖專為大學通識或語文本科學生著手，但亦適合想要一窺當代極短篇風貌的文學閱讀者。尤其文本之外，另有作者介紹與賞析，相信能讓讀者更加精進對於極短篇這種特種小說文類的認識。

本書以〈感情〉、〈諷喻〉、〈體悟〉擘劃選題範疇，藉由作家文本呈現人物、環境、情節、主題等敘事樣貌，期能貼近閱聽人的生活現場，還原或展現生活的過去與未來的憧憬。表述關懷與自省，期待人情信美的良善和真摯。

極短篇的字數向來爭議頗大，一般認為以一千五百字為宜，三千字為度。一九八〇年代初期各大報紙副刊也大力催生極短篇這項產物，從八百、五百、三百字又多有所見，可見字數規範的多寡其實是最俗氣的考量。極短篇可以在短時間的閱讀裡滿足閱聽人的味蕾，文字的輕、薄、短、小非其所短，反成其長。

極短篇雖屬小說文類，但在中間文類風潮下，跨域現象不免，詩化的意象表現，散文化的情感說明性，再再動搖這個小說文類原先穩固的位置。但文學的閱讀初心是什麼？自然是文字裡情感的湧動，文類刻意界定其實意義盡失。

用文字感動我們罷，哪管文類背後堅實的學理基礎究竟為何？這些，不妨留待學者那廂細細論文。身為作者的你，就是要挖掘你的真誠，要你在文字裡傾訴感動；身為讀者的我們，不就是想要一窺浩瀚文字裡，那裡有一葉行葦，方渡人間的慈航。

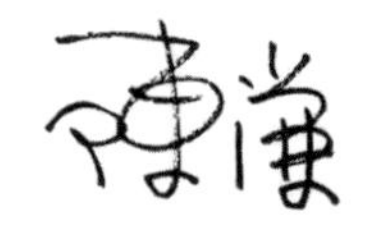

二零一八年・芒種

寫於國立臺北教育大學文薈樓105研究室

目錄

主編序 (3)

感情篇

毛衣／張仁瀚 03

陽光棕櫚／原以藍 07

椅子／羽墨翎 09

不在了／陳大爲 13

思念走動的聲音／蔡素芬 15

窗外／張草 17

樓上的父親／袁哲生 21

反光／渡也 23

惡母？／暄振 25

畫作的秘密／閻瑞華 28

蹺蹺板／楊子霈 32

飢餓／伊藤雪彥 34

關起來的人／朱婉妮 36

諷喻篇

公車空位／張敦智 41

喜事／林瑞麟 43

結婚櫃檯／煮雪的人 47

他們說／晶晶 50

工人悲歌／黃雍嘉 52

狗／潘古音 56

鐘阿磊／古嘉 59

卡夫卡／愛亞 64

溫泉即景／平路 69

聖誕老人／水一方 71

死亡練習題／陳謙 75

菲菲的男朋友／亮軒 80

體悟篇

敗績／張至廷 87

超人／臥斧 90

男女／孫梓評 ••••••••••••••••••••••••••••••••••••••• 92
迷路／黃春明 ••••••••••••••••••••••••••••••••••••••• 94
巢／林婉瑜 ••• 96
掉／蔣雨儂 ••• 98
犧牲／三色弦 ••••••••••••••••••••••••••••••••••••••• 101
骰子戲／顧蕙倩 ••••••••••••••••••••••••••••••••••••• 103
盆栽／張春榮 ••••••••••••••••••••••••••••••••••••••• 105

感情篇

極短篇主題類型，不外乎情與理。文學之雋永處，往往在於感情，因感情通常柔軟卻深刻，這個特點成就其文學性。極短篇和所謂小故事大道理最大的不同處，在於極短篇是文學，不僅能說理，更能抒情。

比起長篇小說依靠複雜且大量的情節去刻畫和塑造感情，極短篇小說講感情往往點到為止，所以臺灣研究極短篇的學者張春榮，用「幽微」形容極短篇的感情表現特質。雖說點到為止，但它並非僅此而已，而是從那個點開始，像顆種子放進土裡，延伸的感情是在讀者心田裡生根發芽，各有不同的生長姿態。

感情對象可以是親人、愛人、朋友、寵物、自己……等，類型可以是喜、怒、哀、懼、惡……排列組合後，產出豐富多元的各種面貌。

毛衣

張仁瀚／作

我遺失了一件毛衣。

它曾經可以是那樣確實的存在的，卻如死胎一般，在被創造以前，就跟創造者一起，被我給失去了，永遠的失去了。我常常在想，穿上它，到底會是甚麼感覺？混紡毛料的質地、你淚水的味道、曾經撫過那纖維的手遺留的觸感……每當我這樣反覆思索，你模糊的身影便出現了，再無法清晰，再無法完整，只是那樣若有似無地浮現，彷彿還帶著笑。

那是十周年結婚紀念日，是一月，苦寒的冬天，我坐在我們相遇的小酒館。你遲到了，正好給我思考說話內容的時間。我想著待會你來了該怎麼跟你說，說我要離婚的事。我記得我打算用冬天比喻我們的感情、再說說我的新歡跟你的將來……然後你來了，圍著你死去母親在兒時替你織的圍巾，從顏色、尺寸到樣式都完全跟你不搭，一些人的目光瞟過來，用那眼神輕蔑地訕笑，我眞覺得丟臉死了，若不是我一定要和你談這件事，眞希望你別坐到我對面。

但你還是坐下來了，然後抱怨起椅子的不適，而這種頻繁的小小抱怨剛好是我心中最不想你做的事情之一，連續聽了超過十年，實在夠煩了。接著服務生來點菜，我比較喜歡吃豬腳但那實在太貴所以我點了香腸套餐，而你點了豬腳。菜上來，那味道平淡的香腸三兩下便被我吃完了，而你見我盤子空了，開始把你的食物放到我這裡來——第二件討厭的事。

我們兩人終於都吃完，飲料還沒上來，我見機不可失，準備開口，但你我卻同時講了：「我有話要跟你說……」。我決定讓你先說，因爲你話不多。這大概也是令我們感情轉淡的因素之一吧。

天啊，當初如果是我先說，不知會怎樣？

你拿出一份文件，我還以爲我們難得又有了共識，但看了之後我整個人像飄走了一般。

飄走了，彷彿一輩子那麼長的時間才回來，那時你已哭得圍巾都溼了一半。我們回家，我讓外遇對象從我生命中蒸發，你繼續哭，哭了一整夜，圍巾全溼，緊抱著你的我也是。

二月，我講了一個關於永恆的故事，你笑了。我講了一個關於幸福的故事，你哭了。吃了草莓蛋糕，你笑了。喝了半瓶香檳，你哭了。

三月上旬氣溫驟降，我不在時，你把你母親爲你織的圍巾拆了，你說要把它織成兩件毛衣，一件你穿，一件我穿，這樣，就有雙倍的溫暖了。然後你對我粲然一笑。

四月底氣溫漸升，那件顯然太小的未竟的毛衣束之高閣。你極度的不適，吐了又吐，直至失去意識。

五月我們到公園野餐，你把三明治要用的麵包都拿去餵鴿子了，所以我只吃三明治餡料做成的沙拉，而你幾乎甚麼也沒吃。

六月我們打算開著慢車，到陽光燦爛的地方旅行，但卻在剛好中途的地方，你吐了血，然後我們爲了是否要折返而大吵一架。

七月中旬，我，到了陽光燦爛的地方。

八月我回到荒寒的城市。

九月我到公園野餐。

十月毛衣依舊束之高閣。

十一月拆掉了的圍巾仍舊沒能重新構築一個平面。

十二月我想起了那個關於永恆的故事。我想起了那個關於幸福的故事。我吃了草莓蛋糕。我喝了半瓶香檳。

一月我坐在我們相遇的小酒館直到打烊。

一年後，某個如我們相識時的寒冬早晨，在終於消瘦到可以擠進那件太小的未竟的毛衣之後，我套上它，而後感受到如觸電般的顫慄。但這無關乎乾燥或摩擦，而是因爲，我再無法從它身上感受到一絲你曾經是那樣確實的存在過的感覺了。你說話的神態、聲調、習慣，你吃飯的動作，你哭的樣子……無聲無息，你從這些畫面中走掉，彷彿還帶著笑。

我遺失了另一件毛衣。

賞析

那件太小而未編織完成的毛衣，是妻子拿她的毛線圍巾改織的，想要自己和丈夫各一件，然而毛線勢必不夠長，僅能織太小件又不完整的一件毛衣。

就像敘事者和妻子的愛，雖然有愛卻因個性上的不合而不完整，這是毛衣的象徵。毛衣的毛線來自於妻子的母親在妻子幼時織給她的，表示了長遠的愛和念舊，也說明了妻子和丈夫有裂痕的其中一個原因，妻子婚後還是守著婚前的舊習性以及母親給她的觀念，並未和丈夫相處溝通之後就調整。

敘事者原想跟他妻子離婚，但因得知妻子患上絕症而改變主意，和妻子共度她人生中的最後半年。敘事者重新思索和感受自己與妻子的愛，然而，兩年後，當他終於重新接受妻子的缺點並確認對她的愛（擠進太小件的毛衣），亡妻的氣味卻從毛衣上消失殆盡，不復存在。

作者細膩的筆觸描寫了夫妻的愛情以及喪偶的悵惘，直逼人心深處。好不容易重拾的愛卻再次失去，〈毛衣〉的痛處在此，感人之處也在此。

作者

張仁瀚，90後天秤座極短篇作家，善以刻意簡練的文字、直白的敘述，淡化文本中的情感要素，單純利用情節來取得戲劇性的張力。

學生時代屢獲校內文學獎名次，亦有散文、新詩創作與當代藝術及文學評論。

目前正著手出版第一本原創繪本——《聖誕樹》（書名暫定）。

陽光棕櫚

原以藍／作

他在老家邊上種了六棵排排站的棕櫚樹。

那是旅遊帶回的紀念品，南國烈日烘烤成的棕櫚果實。他把果實擺在木雕的花籃裡，青綠的新芽在他窄小的客廳搖出一片金色描邊的夏。

金色的夏該有藍天搭配，他將果實帶回老家，種在屋子邊上；於是他擁有了晴空和海洋的界線，阻絕山鎮慣有的陰鬱風雨。

再次返家，他發現一株豔紅的茶花趕走了棕櫚行列中的兩員。

「那花嬌貴，不好養呢。得種在陽光好的位置才行。」

妹妹理所當然的擺擺手，新養的虎斑貓在屋子裡四處遊竄。

出差兩個星期，棕櫚樹又少了兩株。

「那樹醜死了，拿來種百合多好。」

姊姊將裝著狗食的瓷碗擱在地上，微笑的看著紅貴賓大快朵頤。

秋天來臨時，他站在最後一株棕櫚樹下，想著去世的父親，還有陽光。

賞析

有一種五角形圖示，可以比較分析人的能力強弱項，或事物及環境在不同面向的優劣。如果也幫小說畫五角形，那麼這五個頂點應該是角色塑造、背景設定、劇情安排、敘事方式、氛圍經營。而〈陽光棕櫚〉在氛圍經營方面是滿點的，那股失落且寂寞的惆悵感，沁入骨髓。

棕櫚樹向來與夏季、陽光連結，又因爲是高大的樹，所以有陽性的庇蔭感；反之，茶花任性強勢卻無法託付，百合更是嬌媚長舌而難以信任。種在老家的棕櫚樹逐漸被取代，象徵了故事主角對老家的信賴度逐漸減少，且愈來愈不覺得自己是家中的一份子，存在感薄弱。尤其貓狗喧鬧亂竄，更是毀掉了小說主角想要的寧靜，且降低了他在老家家中的地位。

有人說，父母辭世後，家就不像家了，兄弟姊妹另外有家庭也就沒有理由聚在一起。這種說法很傷感，但或許經常發生，就像〈陽光棕櫚〉裡的主角那樣，發現自己必須憑藉對父母的回憶才勉強成爲家中一份子，家庭的溫暖逐漸感受不到，取而代之的是微涼的秋風。

作者

原以藍，本名張惟琇，兒時居處鄰近圖書館，一直都喜歡閱讀，喜歡在故事裡編織夢想。高中時開始接觸寫作，認識極短篇後對短小的文字所能承載的故事和重量感到著迷，於是學習創作。對各種文類皆懷抱好奇，期待有朝一日能駕著文字飛翔。希望能夠成爲說故事的人，用故事碰觸不同的人，不同的心，傳遞閃爍的溫暖或安慰。

椅子

羽墨翎／作

老人一向坐在那張椅子上。

那張褪色的、農家常見的竹編涼椅，是貼著泛黃壁紙的老客廳中，視線最好的地方。老人的正前方就是電視，右前方是總放著一份報紙的長桌，左手邊則是放滿茶葉茶杯茶壺熱水瓶的茶几。

甚至，只要老人再往五步遠的地方看，就是一家老小每天出入的玄關；即便是一隻偶然闖入的野貓，老人也可以看的清清楚楚。

所以當老人不再每天驅車前往小學，站在粉灰飄揚的黑板前用日本老師教他的方式大吼學生後，老人會花一整天坐在椅子上。

老人就在那張椅子上，監視著站在門口，盡可能小聲地和遠地的母親通電話的八歲女孩（老人一向想要監視那個害他成爲三姑六婆討論話題的離婚女人，究竟打算怎樣教壞他的孫女），多一分鐘都不行；老人也會坐在那張椅子上，瞥著連面前三十公分都看不清楚，只要沒人幫她就得伸手摸盤子才能夾菜的女兒，和女孩一起佈置好餐桌；老人甚至會坐在那張椅子上，等著骨瘦如柴的妻子，帶著女孩和滿懷的木柴，花很長的時間在老式的爐灶爲他燒出一缸洗澡水，最後再由微駝的妻子一桶桶的把水提到浴室，拿著他的換洗衣物到客廳給他。

而老人只要坐在椅子上，偶爾泡茶給回來看他的兒子或老友；或者心血來潮，泡一杯給直到連續劇時間才離開廚房的妻子（而女孩的姊姊在他背後偷偷告訴女孩，老人在妻子住院開刀時，連一顆蘋果都沒有買）。

即使老人因爲妻子中風入院，順應子女要求搬到公寓後，老人依然霸著客廳的一張椅子。

但是這張藍色的單人沙發，卻不再是用水泥搭成的客廳中，視線最好的地方。

這張椅子面對高十七層樓的落地窗，背對公寓中唯一的大門，只要老人不回頭，老人就連被戲稱爲大青蛙的兒子都看不到；而長大之後，共計八人的孫兒孫女，自然不可能坐在三人沙發上，乖乖吃著老人給他們的糖。於是這些年輕人不再玩耍於電視櫃和茶几間的狹小空間，他們會跑到老人椅背後的餐桌邊，拿出一些老人沒看過的黑色盒子把玩（直到某天只剩女孩的姊姊時，老人才問出那些都是叫做數位產品的時髦玩意兒）。

大一點的孫子們，多半還會在父母要求下回來探望老人。他們會在老人的椅子邊坐下，有一搭沒一搭的回答老人關於學業的問題——雖然他們的回答很少長過老人的問話。

但是這都比和老人住了四年的女孩好。女孩自從到了島的另一邊後，老人連一通她的電話都沒接過；就算她過年過節跟著老人的小兒子回來，只要老人椅邊的電話一響，她便會帶著老人兒子給的零用錢和那女人買的手機，隨手打聲招呼，然後興高采烈的跑去找老人不喜歡的同學；就算她回來之後發現老人不讓她看電視，女孩也會聳聳肩，跑去房間找出一本書，躺在老人旁邊的沙發椅上笑得好開心。

老人嘆了一口氣，伸出左手想喝杯茶，卻發現自己已經不是在以前的老家了。

於是老人打開電視，拿起報紙——

繼續坐在那張椅子上。

賞析

該說是控制狂的下場呢？還是要說人發現自己已經誰都無法控制的悲哀呢？

故事前半段，可以看見老人（男主角）自私（總要其他人幫他做事，卻不管他們的健康狀況是否能負擔）、偏心（對兒子和朋友好，卻輕慢妻女）、控制狂（限制孫女和她母親通話、坐在屋內視線最好的地方監視一切）。故事中間出現老人搬家的轉折，老人坐的「椅子」擺放地點，從原本可監視家人動靜的位置，變成能眺望風景卻無法監視家人的位置。然後，老人發現孫兒孫女都玩著數位產品，不像之前會乖乖坐著吃他給的糖。而以前受他荼毒最深的孫女（女孩），對他的叛逆最強，雖然逢年過節還是被迫去看他，但已不像當時什麼事都照著他的要求坐，甚至已經幾近無視他。

作者用冷靜的筆調去掩蓋強烈情緒，清楚而流暢地寫出一個可憐之人必有可恨之處的故事。比起控訴，〈椅子〉更著重把故事說好，這優點不易辦到，可見得作者的敘事功力。

作者

羽墨翎，本名陳可欣。興趣是看書跟寫作，近期最愛的休閒活動是睡覺。喜歡用牛奶煮的奶茶，爬格子之前必定先煮一杯。最大的夢想是成爲一個讀者看名字就會買書的作者，所以正在努力把每個故事都寫的非常好看；人生目標則是做一個尋門的行者，在寫作這條路上一直挑戰下一個關卡，直到抵達故事的眞理之門爲止。

不在了

陳大為／作

早已習慣在踏入家門的第一眼，便是妳規規矩矩，端坐得像老管家的身影。身為一隻從不闖禍的貓，我們很放心把整棟房子交給妳守護，每次出門都叮囑妳要好好看家。其實我們知道妳會乘機溜進廚房、睡房，躍上最愛的沙發，反正有敏銳的聽覺替妳把關。

我們常常跟妳說一些不懷好意的人話，問妳還要活多久呢？會不會變得又老又醜又糊塗？妳仙去之後要不要製成標本？不過我們總以為那是十年後的事，沒想到妳說走就走了，享年九歲，只留下象徵性的骨灰罈一個，述小女生逌的散文一篇。

這一年來，每次添購家具或重新佈置客廳，都忍不住根據妳的習性來假設妳對各種材質、香味的反應，興高采烈地推演一番，最後總是輕嘆：可惜小女生不在了。

眞希望踏入家門的第一眼，還能看見妳規規矩矩的身影，端坐得像永不退休的老管家。

賞析

關於人的平均壽命以及長青壽命，較理智的腦袋會很清楚，就是有高有低才有平均，而進入長青的年齡層更是不易。但多數人會有一種錯覺，就是認定自己會活到平均年齡，而摯愛的父母親人若健康方面無大礙，最好要活到長青的年齡，因爲捨不得他們走。

家貓家犬若長壽，活到十歲很有可能。〈不在了〉裡的「我們」也認爲暱稱小女生的貓可以活到十歲，但這隻貓九歲就走了。雖稱不上英年早逝，也都有骨灰罈和悼念文了，但貓奴還是極爲不捨，不習慣牠離開，仍會有想再看見牠坐在家中的妄念。

本文相當傳神地描述了對所愛仙逝的錯愕與懷念，連讀者讀著也會覺得悵然若失，遭逢過死別（無論對人或寵物）的人，更容易連結自己曾有的經驗。

作者

陳大爲，一九六九年出生於馬來西亞怡保市，臺灣師範大學文學博士，現任臺北大學中文系教授。著有：詩集《治洪前書》、《靠近 羅摩衍那》、《巫術掌紋》；散文集《火鳳燎原的午後》、《木部十二劃》；論文集、《亞細亞的象形詩維》、《亞洲中文現代詩的都市書寫》、《鬼沒之硯：當代漢語都市詩研究》等。

思念走動的聲音

蔡素芬／作

你留下一隻錶，錶身金屬的亮度像落日餘暉，握在掌裡，恰如往日我的手經意或不經意的從你腕掌間滑過的溫度。

誰允許你取下這隻錶，而讓我爲你戴上戒指？金戒銀戒，一指一戒，我持戒輕輕戴入你略顯腫脹的十指，指間冰涼，我撫摸那冰涼，穿過那冰涼，像要到時間的底岸，看看那邊是什麼，最後只因感受了你的冰涼而感榮寵，但感傷。

感傷像一條漫無方向的磁波，隨便場合就讓我失神地隨著一縷光、一段音樂、一刻沉默去尋你，在那個空間裡，我們沒有未來，過去交錯剪接成一部蒙太奇電影，在光影裡無聲播放，而我聽到秒針走動的聲音。你留下的錶已放在一個不常翻動的地方，怎麼還有走動的聲音？

賞析

〈思念走動的聲音〉也是一篇思念亡者的文章，但對象不是貓，而是可以牽彼此的手、原本可以共有未來的親人。

此文也是強在氛圍，細膩地描述人在思念亡者時，心思隨著任何細微的事物都可以分神，分神回想之前相處的種種，而無法專心眼前的生活。這是心靈上「時間暫停」的狀態，日子明明在繼續走，年歲仍然增長，但心中的結無法解，遺憾無法消弭，所思所想依舊停留在過去。成長型動漫和輕小說熱愛敘述某人闖進另一人的世界，重新「啓動他／她的時間」，可見心靈的「時間暫停」多常見，而人們多想再遇到另一個重要又深愛自己、能把自己拉出泥濘的人。

此文敘事者還沒遇到這樣的人，只是想藉由把遺物藏起來去逃避；然而這遺物是隻錶，秒針走動的聲音一再提醒敘事者，眞正的時間不斷行進。

作者

蔡素芬，1963年生，德州大學聖安東尼奧分校雙語言文化研究所進修。曾獲聯合報長篇小說獎、中興文藝獎、金鼎獎、吳三連文藝獎。

曾任國語日報少年版主編、自由時報副刊主編等。主要作品：長篇小說《鹽田兒女》、《橄欖樹》、《星星都在說話》；短篇小說集《臺北車站》、《海邊》；編有《臺灣文學30年菁英選：小說30家》及譯作數本。

窗外

張草／作

我還記得幼稚園的時候，爸媽忽然給我一個驚喜。

那時正在上唱遊課，我跟同學正大聲學鴨子叫時，有位小朋友大大的「咦」了一聲：「誰在窗外看我們？」

大家紛紛轉頭去瞧，我則興奮得紅了臉：「是我爸爸媽媽！」

爸媽到外地去談生意，把我寄放在外婆家，他們提早回來，於是到幼稚園接我回家。

那一天，他們突然在窗口惡作劇似地出現，我好高興。

小學五年級時，媽媽沒來接我下課，老師幫我打遍了每一通爸媽留下的聯絡電話，都沒他們的消息，公司員工還說他們一早就沒進公司。

老師陪我等到天黑，還買便當給我吃，當爸媽兩人終於在教職員室朝走廊的窗外露臉時，我的眼淚馬上就迸出來了，我跑過去抱著媽媽，他們看起來非常憔悴，什麼也沒解釋，只是不斷跟老師道謝。

好久以後，我才從爸媽公司的老員工口中得知，那一天公司差一點倒閉，因為好幾張支票都跳票了，他們應該是到處去籌錢拯救公司。

不過，我永遠忘不了當我發現他們站在窗外的那一刻，緊繃的心情忽然釋開的感覺。

國中三年級時，日以繼夜的上課和補習，交織成日復一日的可怕生活，我對每分每秒存在的壓力已然麻木，每天像機械般過活，完全沒注意到爸媽有什麼變化。

直到那一天，他們兩人站在補習班的窗外望著我，各種平日的跡象才在我腦中鮮活了起來。

我在補習老師催眠般的聲音中打了個呵欠，才猛然看見身旁的玻璃窗外映照出爸媽的影像，黑夜的窗外飄著陰雨，他倆一臉疲憊，無神地望著我，一如平日夜歸的面容。我當下一陣哆嗦，因為補習班在五樓，窗外是空的，沒有站人的地方。

爸媽偶爾告訴我公司岌岌可危，但要我放心，只管專心唸書，因為他們已經為我有所準備。

他們站在窗外，全身濕淋淋的，我想推開窗，卻發現玻璃窗把手被封死了。

我越來越猛烈的推窗聲驚動了老師：「那位同學你想幹嘛？」我不知該如何告訴她，因為每個人都轉頭望過來了，卻沒人告訴我窗外有人。

我終於第一次注意到，我從來不知道爸媽去了哪裡？為何夜歸？公司出了什麼事？我從來沒空去理會。

好不容易熬到下課，窗外的爸媽一直沒離開過。我從補習班的樓下朝上望，果然五樓窗外站不了人，也沒人，但當我上捷運時，爸媽又在捷運的窗外現身了，窗外隧道的牆壁飛快越過，爸媽卻文風不動，哀傷地望著我。

我抱著一線希望打開家門，果然，家裡沒人，燈沒開，一整天沒開過窗的空氣悶得緊，我還沒開燈，就看見爸媽站在窗外。

我全身發抖朝窗外哭喊：「你們這樣子我很害怕知不知道？」恐懼籠罩著我的每一寸肌膚，因爲我不知道究竟發生了什麼事？

窗外，爸媽伸手指向屋內，我轉頭望去他們指的方向，是飯廳，我忙走去開燈，看見飯桌上放了一個大信封，是保險公司的信封，裡頭裝了好幾份保單，後來我才知道，這裡面包括了壽險、意外險，還有我的教育保險。

我已經完全明白他倆的計畫，我抱著信封，朝窗外的爸媽哽咽痛哭，他們則淡淡地微笑，在窗外一直陪著我，直到警察打電話過來，要我去爲車禍的死者認屍爲止。

賞析

一般的鬼故事，都以讓讀者毛骨悚然爲傲，但〈窗外〉卻讓讀者哭，凡感受過父母之愛的人，讀此文絕對沒辦法無動於衷。

〈窗外〉用了層遞法，講主角父母數次在窗外看他，不同但是有關聯的狀況。主角父母經商繁忙，主角苦讀讀到痲木，因此，隨著主角年紀漸長，他與父母愈來愈像平行線。父母公司經營不善，甚至曾面臨倒閉，都不願意讓主角知道，只是告知主角要好好讀書；正是這點，讓主角與父母疏離到甚至不知道他們有意尋死。等到主角發現父母的窘境時，父母已經變成鬼魂，仍然守護他，要他別爲錢煩惱，繼續讀書。

明明彼此深愛，想讓對方好卻未得其法，沒有良好溝通乃至天人永隔無法傳遞愛與悔恨。張草用淺顯的語言講了深刻的故事。

作者

張草，第三屆皇冠大眾小說獎首獎得主，初中三年級贏得馬來西亞丘陶春盃文學獎公開組冠軍。後赴臺灣就讀臺大牙醫系，二十四歲在《皇冠雜誌》發表《雲空行》系列，之後創作不輟，並致力於各種小說類型的創新，著有極短篇《很餓》、《很痛》、《很怕》，奇幻靈異作品《雙城》，「庖人三部曲」及《啊～請張嘴：張草看牙記》等。

樓上的父親

袁哲生／作

我在樓上等待父親向我揮手。

隔著郵局二樓厚重的大玻璃窗，我努力朝樓下停車場上的父親揮手。父親看見我了，他沒有舉起手來，只是面無表情地抬頭仰望著，一雙瘦弱的手掌還無助地攫在我的機車手把上，好像若不如此，眼前的機車就會立刻被人偷走了。

小時候，父親載我到郵局領錢時，我總是就站在現在他的位置上。沒有例外，父親獨自上了二樓之後，便會從大玻璃窗內朝我用力揮手，看看我是否聽話守候著在他心中屬於貴重財產的腳踏車，而我總是忿忿不平地從四下無人的停車場抬起頭來，好像一個不甘被責罰於寂寞之中的小孩，拒絕跟樓上的父親揮手。一次也沒有。

我很想念過去那個不斷朝我揮手的父親，可是卻說不出口，因為昨日已經走得太遠，而父親就在樓下……。

賞析

同時要顧車和顧人是有難度的，所以〈樓上的父親〉裡的父親讓敘事者顧腳踏車，但是自己會在郵局二樓的大玻璃窗那裡向他揮手，作爲腳踏車和小孩都照顧到的折衷方案。

想跟著父親的小孩，被擱置在樓下，不安且不滿。小時候只覺得父親留他顧車是遺棄，等他長大了，才發現父親揮手是因爲還在乎他，並不想丟他獨自在停車場。敘事者長大後，角色轉換至他去郵局二樓辦事，父親在停車場等待，他揮手想讓父親回應，想讓父親感受到等待不等於被遺棄；但父親沒有揮手回應，只是牢牢顧好兒女的機車。

想問父親爲何不再揮手，也想爲多年前沒揮手回應父親而道歉，更想表達父親遠比財產重要的想法……，但是，情緒積久難消，而且愈是熟人愈難講掏心話，「昨日已經走得太遠，而父親就在樓下……」。

作者

袁哲生，生於臺灣高雄縣岡山區，畢業於中國文化大學英文系、淡江大學西洋語文研究所。曾獲時報文學獎短篇小說首獎，吳濁流文學獎，中國文藝協會的小說類五四文藝獎章。曾任《自由時報》副刊編輯與《FHM男人幫》國際中文版總編輯。

出版小說集《靜止在樹上的羊》、《寂寞的遊戲》、《秀才的手錶》以及《倪亞達系列》等。

反光

渡也／作

都已經十一點多了，他還在院子修理那輛腳踏車，細心將反光貼紙貼在車前車後橫桿上。車身傷痕累累，據說是大卡車的傑作。

女兒剛上國一，前幾天才特地送她到學校，認識新環境，啊，一個全新的夢。昨天又送她一趟，但不是送到校園，是到殯儀館。昨晚八點，和她約法三章晚上最好莫騎車出門，如果非騎不可，也得等車子貼上反光貼紙才成。他尚且強調他會儘快買回貼紙，女兒微笑點頭。

「遵命！老爸！」

誰知道她竟偷溜出去，去附近金玉堂文具批發店，買了兩種貼紙：大紅色和金黃色，都散落在地，閃爍著亮光。啊，他的天使竟睡在馬路上，頭顱像破裂的蛋殼，流出一攤猩紅稠黏的液體。她身上沒有貼反光貼紙，無法發光，永遠不能發光了。還沒交男朋友，F4演唱會還沒聽，新買的P4電腦尚未啓用，就一片漆黑了。

妻坐在客廳，已一整天未開口。而他一個人還在漆黑無邊的庭院，依照約定，將反光貼紙牢牢貼在車身。

賞析

悲劇的情節設計核心，主要是建立在「誤會」以及「命運捉弄」上，而渡也的〈反光〉，很顯然地是掌握了後者。故事中的女兒正準備要迎接新的校園生活，但是，等待她的卻是一場致命的車禍意外，而且是只要乖乖遵守對爸爸的承諾就能避免的意外。

文中描述父親在面對喪女之痛的第一反應是繼續執行對女兒的約定，修好腳踏車並在車上貼牢反光貼紙。這種反應乍看冷淡，實則最合乎人情；面對至親至愛的死亡，人類的第一反應就是否認，覺得對方沒死，因此繼續過對方還在世的生活。另一個層面是要幫死者完成想做卻沒做完的事，這樣死者才能放下，放心離開這個世界，到新的世界去。

渡也極短篇當中，同樣是描述至愛死於車禍，寫親情的〈反光〉較淺顯直接，寫愛情的〈永遠的蝴蝶〉較浪漫縹緲，閱讀兩文後分析比較，或許能有一些有意思的發現。

作者

渡也，本名陳啓佑，另有筆名江山之助。文化大學中國文學博士。曾任嘉義農專、臺灣教育學院、國立彰化師大國文系所教授，及中國修辭學會籌備委員等職。兩度獲教育部青年研究著作發明獎，教育部青年研究著作發明獎，中國時報敘事詩獎，中央日報新詩獎，聯合報文學獎，六度獲國科會論文獎助。並著有新詩、散文，論文集二十多種。

惡母？

暄振／作

「煩死了！」杵立在鏡前的她心想。

十分鐘前她對著尚未入眠的幼子咆嘯：「還不快睡，都幾點了！等我從浴室出來，要是看到你眼睛還睜開著，你就死定了。」……凝望憤怒的自己，不禁發現臉上又多出一條皺紋。

工作不順，丈夫外遇，負債累累，孩子吵鬧，這全都是構成她衰老的理由；她知道，只是生氣，解決不了問題。她拉開洗臉盆的水龍頭蓋，看著水如漩渦般緩緩漩進洞口，漩啊，漩啊，漩……自己彷彿陷入黑洞。她又突然想到契訶夫的小說〈睏〉，心頭好是煩躁。再度梳洗一把，試著對鏡中的自己好點。「清爽多了。」她整理好心情走出浴室，瞧見孩子因害怕而裝睡。

孩子想偷睜開眼瞼瞧瞧，卻鬥不過內心的恐懼。他會如此害怕並非毫無理由。有次感冒發燒，母親不只不擔心，甚至還咆嘯怒罵道：「又給我裝病不想上幼稚園，你欠打。」其實孩子也才裝病過一次，這次是真的發燒，卻被母親拿衣架子鞭打至紅腫破皮；直至第二天才被老師帶去就醫掛診。當晚孩子隱忍著痛楚（究竟是病痛還是皮肉傷痛已經分不清），淚眼濟濟陷入昏迷。從此媽媽不再是媽媽而是壞巫婆。

對於孩子的恐懼與心思，母親渾然不覺；此刻的她只有梳洗過後心底殘留的憤怒，憤怒，憤怒。

看那勉強緊閉的雙眸和稚嫩臉龐，她有股想掐死他的衝動。

賞析

因困苦遭遇而能量告罄，已無法養育孩子的母親，幾近崩潰地與幼子的緊繃互動。沉重題材以極短篇表現，特別需要以下這三個步驟。

第一步驟是簡化情節。這能節省字數，省下來的字數可以交代母親和孩子爲何會如此思考、感受、行爲，也可以安排內心戲，只要保持敘事流暢和節奏起伏有致即可。

第二步驟是決定背景說明的繁簡。此文用零聚焦的視角，同等重要地表現母親與孩子的思考和感受，但情節主軸以母親爲主。爲了平衡戲分，再加上放置其他無關母親身分的事件會偏離主軸，所以母親的背景只用簡單幾字帶過。孩子會如此害怕母親的背景，則用了一整段故事。雖然繁瑣，但可強化母親和孩子緊繃關係的合理性，又切合主題，所以不會累贅。

第三步驟是找關鍵動作或物品貫穿全文。此文文末母親的想法，其實在小說前半段她想起契訶夫的〈睏〉就埋下伏筆，〈睏〉的主角就是在被奴役壓榨到極想睡的狀況下掐死哭鬧的小孩。洗臉也是象徵，再怎麼洗也只是表象上一時的清爽，該面對的問題還是逃不掉。洗臉和〈睏〉就天衣無縫的安排在情節裡，增加了小說的厚度。

用這三個步驟也可以裁剪、縫製其他各類不同題材的極短篇，讓作品達到精煉厚實的境界。

作者

暄振，偏執狂，人格障礙，藝術至上。曾任臺灣極短篇作家協會理事和編輯，現任小作家文窗總編輯，偶有詩文散見於各大詩刊，超憎恨自我介紹。出版詩集《文明病》、中篇小說《妖花》。

畫作的秘密

閻瑞華／作

我母親平常幫人縫補衣裳、貼補家用，只要一有空閒或假期，便帶我來這位叔叔家。

他家客廳牆上掛了許多風景、人物的油畫或水彩畫，我小學十歲至今已將近十年光陰，牆上的畫作汰舊換新。

我會注意畫作中標示的日期，可知這位叔叔一直持續創作。從母親口中知悉他從商，繪畫並非本業，是興趣，但我對他的畫印象良好，色彩、線條恰到好處，即使色調衝突卻有另一番美感。

母親希望我也學畫，可能因而帶我常拜訪這位叔叔吧！

每次來他家，這隻灰色虎斑貓常兜著我轉，我會陪牠玩，之後才又見到母親和那位叔叔出現在客廳。然後我開始學畫畫。

但每次回到家，賣煤油的父親並不認爲學畫有前途，已有好幾次父母爲此有不快，總在母親淚水汪汪的堅持下，父親才作罷，我其實有虧欠父親之感，因未照著他的期望而是母親的。

再說那位叔叔也挺疼愛我，會買書、畫具送我，對我的期盼也不少於父親。我心底又更虧欠父親，因父親未送我任何東西，而我卻收下叔叔給的禮物。

那天母親照樣帶我來這位叔叔家，獨留我一人在客廳，可愛的貓咪竟沒想和我玩耍，一見我便掉頭往前走，邊走邊回頭看我有無跟上。

來到一扇未緊閉的房門口，我猶豫了，想起兒時母親曾叮嚀過：進到別人家中，包括親戚家，只能在客廳，不能到處亂走動除非主人允許。

而貓咪竄進房內前特地回頭對我喵喵叫，彷彿叫我把這兒當自己家，於是我跟著貓咪進去了。

「這是間臥房！」我心底緊張不已，深怕被發現，卻見牆上的畫作是熟悉的……母親？！

我仔細看畫作日期並對照畫的內容：怎會有我出生前一年的畫、母親懷孕的樣子，和……裸身臥床的母親？！

我，看，傻，了！

整個頭腦嗡嗡作響，感到些許暈眩。

回想我青春期，老師課堂教授健康教育，我因此好奇我出生的過程，父親不是說沒有關於母親懷孕樣子的畫像？覺得沒必要請畫家嗎？怎全在這兒？

我慌張奪門而出。

這時，我突然看母親和叔叔出現於房門口並問，方才什麼聲音？

我因而明白了。難怪，有親戚說我長得不像父親，而父親皆對外宣稱隔代遺傳；難怪，這位叔叔視我如己出，他對我來說竟有莫名親切感。

難怪，母親會帶我來找他。

有一段時間，我藉口有事或裝病，不想去那位叔叔家，因我不去，母親也沒藉口去，實則我不讓母親去見他。

大學畢業後我遠離家鄉、住於某小鎭，我在編輯社因業務往來，竟瘋狂戀上一名有夫之婦，迷戀的程度竟不亞於那位叔叔，同時我也開始想念他。

我爲了我深愛的女人，在畫她的作品後面藏了現金，再把畫布釘上去，深怕她遭逢不測，以備不時之需；但我不讓她知道，待適當時機把話說明白。

當我把畫布沿著畫框釘牢時，腦筋突然閃過一個念頭，馬上坐火車回家鄉。

父親已過世多年，母親仍舊守在那個家，而那位叔叔呢？

我突然一問，母親愣住、神色暗淡的說，那位叔叔以爲母親不再愛他，便把畫作送母親，說要去流浪，也提說這些畫作很珍貴，可隨時派上用場。

母親說，縫補衣服的日子還過得去，絕對不能賣這些畫。

我檢視畫作邊緣是否有釘子，果眞！便趕緊把那一幅幅畫作的釘子拆掉，畫布下有許多現金，母親驚訝不已！

我翻起最後一幅畫布下有一封信，把它交給母親說：「帶走這些錢、快去找他吧……」

接下來的日子，我沒有母親來信的消息；而我知道我深愛的女人，因爲我而變得快樂。

賞析

講外遇的愛，很少能講得這麼暖心的。一般來說，第三者常和元配鬥，兩者都想獨攬愛，生怕資源被搶走，可是〈畫作的秘密〉卻另闢蹊徑，單純講愛，講付出不求回饋。

「愛是讓對方好，自己不求回報」，這話大家都會講，要執行卻難上加難。敘事者發現母親出軌，對象是教他畫圖的畫家，那畫家甚至是他的生父；即使敘事者母親顧慮家庭而沒和丈夫離婚，外遇對象還是守在她旁邊，在送給她的畫裡藏了現金，想著如果她急需用錢，畫裡藏的現金能幫上忙。敘事者長大後亦愛上有夫之婦，在畫情人的畫背後藏了現金，再把畫布釘上去；此時他突然想到，生父送給媽媽的畫裡或許藏有相同的秘密。

原本的逃避，變成理解和懷念，這是敘事者和生父遭逢類似狀況之後，才體會到的一種愛。

作者

閻瑞華，英文名Emily，幼年不擅文筆，大學畢業後欲尋索生命各種可能與出口。

文章散見《聯合報》、《自由時報》、《中國時報》、Pchome網路徵文、員林召會週訊、《講義雜誌》、社團法人小小生活推廣協會（網站）、《文學四季》、《有荷》文學雜誌、《青年日報》副刊。

極短篇小說創作陸續被收錄於極短篇協會會訊第四～九期。

蹺蹺板

楊子霈／作

他總是落在重的那一頭，很沉很沉，從來沒有飛在空中的感覺。

「一切都是爲你好。」他們總是這樣說。奶奶、爸爸、媽媽、姊姊。一起說，電視是爲你買的、車子是給你開的、披薩是爲你叫的，其實我們哪需要這些！你看，我們爲你犧牲多少！

於是他開走家裡的車，載滿他們「爲他」買的各種東西，「反正你們也用不到！」他惡意地笑笑，眼看他們從空中倏地墜落，感覺到一種飛向空中的快感。

「砰！」地一聲，他連人帶車重重翻落，肩膀被重擊：「起床囉！」「爲了叫你起床我們每天都得早起。」

賞析

「我都是爲你好。」這句話必定是爲人晚輩者最討厭的話之一。因爲從這句話感受到的不是愛，而是壓力和不屑。

說這句話的人是將自己的價值觀強加在別人身上，不顧慮別人眞正的需要，而是要別人照著自己的要求做，明明是在奴役別人，卻自以爲自己正在施捨好處給對方。偏偏，說這種話的往往是長輩，再怎麼想扁他們也不能出手。

處於這種劣勢，〈蹺蹺板〉的主角決定消極卻激烈地反擊，不頂嘴也不打架，而是把長輩們「爲他」買的東西塞進家裡的車子，一併開出去墜毀——然而，這只是他在夢裡的反抗。

現實世界裡，他被拍醒，繼續忍受長輩對他說：「我都是爲你好」。作者在文末的反轉，點出無論是小說主角或是你我的眞實反映，其實就是不敢反應；雖然殘酷，卻剛好能讓讀者心有戚戚焉。

作者

楊子霈，臺灣師範大學國文系碩士，現任教於高雄女中。曾獲教育部文藝創作獎短篇小說及散文獎、梁實秋文學獎、高雄青年文學獎等獎項，並獲國家文化藝術基金會創作補助、高雄市文化局書寫高雄文學創作及出版獎助，二〇一三年成爲雙胞胎媽媽。著有散文集《母親進行式》，臉書粉絲頁：請搜尋「楊子霈」。

飢餓

伊藤雪彥／作

當妻子坦承不再愛我的時候，我的肚子忽然咕嚕咕嚕的叫了起來，我垂下頭，一陣面紅耳赤。

「你餓了嗎？」

妻子拿我沒辦法似的，嘆了一口氣：「我幫你弄點宵夜。」

她打開冰箱，拿出我們一起去市場購買的牛肉，稍微煎了一會，便端給我。

我很慢很慢地吃著，希望她不要離開我。然而她還是走了。

像是對家庭毫無留戀似的，什麼也沒帶的走了。

我好難過。

一邊感到悲傷，一邊覺得飢腸轆轆，像是整個人被掏空。

在那之後，每次想起妻子，我都會煎肉。

看著肉片在油鍋裏滋滋作響，心情便會不可思議地平靜。

爲此，我甚至請了年假。躲在家裏研究如何將肉煎得美味可口。

知道我婚姻出了問題的女上司來探望我，我便端出最高傑作來招待她——

她面色古怪的望著盤子，大叫一聲，連皮包都沒拿就跑走了。

我飢餓地坐下，拿起刀叉，漠然望著盤內戴婚戒的女性手指頭。

不知道哪裡出了錯。

賞析

此文故事前大半，看起來像個落魄的失戀男人頹廢到連工作都不想再做的故事；文末轉折一出，才發現這竟然是個變態殺人魔殺掉妻子並食用她的故事。

究竟變態殺人魔怎麼想？相信不少人曾經對此好奇。〈飢餓〉的作者揣摩這樣的角色，直接讓角色當敘事者，用第一人稱寫他受不了妻子不愛他，因而殺妻食之的故事。其中敘述平順而理所當然的樣子，只能讓人感受到敘事者的寂寞和不甘，倒沒有任何殺人相關的想法，好似殺人只是把妻子留下來的方法似的，既不覺得有錯，也就不會認錯，這就是殺人魔變態之處。

透過小說，作者可以去揣摩和體驗另一人的生活，而不必親自以身犯險，這可說是創作小說的魅力了吧。

作者

伊藤雪彥，本名汪夏帆。

樂團特約化妝師，負責專輯內頁、首賣會、平面宣傳照，與舞臺妝容。書寫常見同志題材，偶有散文、詩作及翻譯。曾舉行數次日本詩學講座。短篇作品〈散架〉、〈失戀解剖〉刊登於瀛苑副刊，〈小錫人〉收錄於文創副刊，〈枯骨〉納入極短篇作家協會會訊。

著有小說《Revival》、《千鶴》、《長廊深處》。

關起來的人

朱婉妮／作

母親房間的衣櫃裡放了一個白色手提箱，有種四〇年代的味道，是個時髦小姐的皮箱。母親把皮箱打開，拿出了兩件衣服，一件桃紅色的絲質洋裝，有著大大的荷葉領、荷葉袖，飄逸的裙襬，苗條的腰線。另一件是白底紅色小花的新型旗袍，薄薄的布料、簡潔的樣式，上面綴著紅色旗袍釦。她把兩件洋裝往身上比了比接著說：「要出嫁了。」

母親患了老人癡呆症，時常忘了自己，甚至自己的親人，對於回憶先前的記憶，常會出現不可預期的狀況。

「新娘子！先吃飯。吃飽了，才去敬酒。」我拿著湯匙一口一口餵她。

午後的雨一直下個不停，終於看到太陽稍稍露臉，微弱陽光從母親房間的窗戶射了進來，房間暗暗的，沒有開燈，在我們眼前漂浮的是時間的塵埃。

賞析

這是充滿畫面感的極短篇。從白色手提箱裡的兩件衣服，到透進陰暗房間的陽光所照射的塵埃，在在提升了小說氛圍。

除了氛圍，此文以物狀人、借景抒情的特質也發揮得很好。主角是敘事者的母親，患了老年失智症，沒辦法弄清楚現在發生什麼事，新的記憶無法在腦袋存檔，舊的事有些卻無法忘懷。從白色手提箱裡那兩件出嫁用的衣服，可以看出主角年輕時身材很好、家境很好，以及她結婚是在什麼年代（不同時代流行不同服裝）。至於沒開燈的房間則隱喻主角的錯誤認知沒被點醒時的心智，外面透進的陽光則傳達了主角的待嫁心情是支撐她的、難以遺忘的力量。

觀察過不少失智老人，雖然他們都是「被關起來的人」，但不同的人「忘不掉的事」不同，他們親屬對待他們的態度也不同，這兩種不同才是決定悲慘與否的關鍵。就此看來，此文主角的遭遇還算是不幸中的大幸啊！

作者

朱婉妮，1976年生，臺灣臺北人。從2007年開始投稿，之後以筆名「猴子貓」在網路寫作，作品刊登於報紙副刊、文學網站及詩刊。

曾獲臺灣極短篇作家協會物品聯想徵文比賽、吾愛吾家徵文比賽新詩類、幼獅文藝類型文學微電影觀後感徵文。2013年出版青少年文學小說《妮妮奇遇記》、2017年獲國藝會出版補助詩集《兔子的薯泥砸猴子》。

諷喻篇

闡釋道理的極短篇類型，可再分為諷喻與體悟兩類，諷喻亦稱諷刺，諷刺類傾向外顯的、社會的，體悟類則是內隱的、個人的。本書之所以不將感情類做次分類而將道理類做諷刺和體悟的次分類，實在是諷刺類的極短篇太大量了，多到可以出專著論述；如果要平衡每種類型的選文數量，勢必得讓諷刺獨立成類才行。

好的諷刺小說，讀者會從故事本身產生讀者自己的想法，而非直接看到作者的情緒。諷刺小說要讓讀者讀得出它在諷刺，且諷刺對象必須清楚明確才好。

諷刺小說若要一針見血，最怕冗贅，是以適合用輕薄短小的極短篇發揮。本書即從不同題材當中，選取一些值得一讀的諷刺類極短篇。

公車空位

張敦智／作

尖峰時段的公車混雜各種香水、以及汗味，學生沙沙的翻書聲穿梭於交談細碎的交談。

公車靠站。一個拖菜籃的老奶奶從後方的座位低聲下氣地借過，蹣跚的腳步拉著拖車一階一階往下跨，周圍的目光隱隱逼人。

老奶奶終於下車，滿臉歉意的對車上陌生的乘客笑著。

公車再次開動，後方因爲老奶奶的離開空出了一個座位。

蹬著高跟鞋的上班族女郎看著空位，推了一下眼鏡；微駝著背的學生調整書包背帶時順便瞄了空位一眼，將手上的單字本又翻了一頁；打工結束要回家三兩青年若無其事的聊著天，每個人眼神都趁朋友沒注意時往空位飄了一下。

公車靠站，公車裡又重新擁入一團熱呼呼的氣味，最後一個上車的學生奮力將書包往身體收攏才好不容易踩上最後一層階梯。

空位旁，上班族、學生、打工青年各自又往空位擠過去一些，各個面露難色。

車門勉強關上，氣閘的嘶嘶聲嘆了口氣。

賞析

擁擠的公車空出一個座位，人人可坐但沒人敢坐，因爲座位是一個老奶奶下車才出現的，無聲地告知車上眾人：「如果你不是和老奶奶一樣需要座位，就該把座位留給別人。」若是結伴同行更加困難，還被加上另一個教條：「同伴沒位置坐時，你就不應該去坐」。

輿論可怕之處在於，明明大家知道位置要有人坐才不會讓公車這麼擠，也想去坐，最後卻都因害怕輿論而放棄。

作者把自己隱藏起來，不直接說想法，而是精準客觀地敘述事件，沒有直接的批判字句，但讀者完全能感受到作者塑造出充滿批判感的氛圍；其間的關鍵在於隱藏的壓抑情緒逐漸累積，「低聲下氣」、「隱隱逼人」、「滿臉歉意」、「面露難色」、「勉強」，最終句才以溫婉的「嘆了口氣」做些微釋放。這種情緒節奏和批判文如出一轍，所以和原本就拿來批判用的小說情節搭配良好。

充分引導讀者情緒，作者就不需要跳出來激烈地批判「人類面對輿論就會變得又假又笨」，只要透過文字講好一個故事就大功告成了。

作者

張敦智，1993年生，畢業於臺中一中語文資優班，曾錄取北藝大電影系，之後就讀臺大戲劇系。

擅長小說、散文以及劇本創作，曾獲中一中中女中聯合文學獎、臺積電青年文學獎、臺大文學獎。作品散見於《聯副》。曾任臺中一中七十三屆畢業影片導演以及劇本監督，未來計劃考取臺北藝術大學電影研究所。

喜事

林瑞麟／作

他大口噬著一塊肉，喝了一口酒，伸長了脖子，連酒帶肉吞進腹胃，然後繼續說：「你說房間啊，」他回答席間一個人的問話，「那房間大概有……」他四周張望著，試圖找到一個相對空間來說明，「大概前面客廳的一半大，五、六坪吧！」

「那住，喔，不是，那睡多少人？」其中有人接著發問。

「別間我不曉得，我們那間睡十二個，一排一排的，在地上。」有人拿起酒杯向他示意，他又喝了一口之後接著說。

「不要懷疑，」其中似乎有人做出不可置信的表情，於是他給予一個權威的糾正，「和電影裡面的不一樣，就是睡這麼多人，所以經常半夜有人起來上廁所，回來就找不到自己的位置。」他起身盛了一碗湯。

「那怎麼辦？」有人問。

「哈！怎麼辦？」他乾笑了一聲，一嘴的青菜滑到嘴邊又被他俐落的吸了回去。「打出一個位置啊！」似乎那是一件再簡單不過的事。

「像我第二天就打了一個人」他臉上顯現著驕傲，用一種犀利的眼神環視著四周，彷彿是要在場的人都相信他的本事，「那個人渣吭都不敢吭聲。」他得意於自己成就。

「聽說有個獨居房？」有人另起話題。

「對啊，那地方很恐怖，我也沒去過，不過只要是去過的都苦哈哈的出來。當過兵吧？比關禁閉還可怕！」他邊說邊搖頭，彷彿那慘狀浮現眼前。

「嗯，那什麼狀況才會被抓去關在獨居房？」那人繼續問。

「做壞事囉，譬如帶違禁品，鬧房啦，打架啦，反正就是一些違反規定的事。」那些規定似乎很多，需要動腦，因此他看來有些煩躁，猛搔著頭皮。

「那你打架沒被抓進去？」有人又繞回原題。

「開玩笑！」他想要回答，可是剛好被斟酒的人擋住視線，於是他左閃右閃，一副迫不及待的樣子。「這種事怎麼能讓上面知道，我們都私下解決，怎麼講，那叫，那叫，……」一桌子人停止了進食動作，期待著他的下文，「叫共識！」這話一出，舉坐哄然。他爲自己終於找出正確又有水準的詞彙，而又羞又喜。

「喔，我去回個電話。」他從腰際拿出電話，有幾個未接來電，抹了油嘴之後離席。這是他幾天前出獄後，不知道第幾次的接風酒。一年前，他因強占公有土地仲介廢土傾倒，被人檢舉，入獄服刑一年。

「有人找我喝酒啦！」他回座後解釋著，「我要先閃了。」

「不急，不急，吃完豬腳麵線再走。」於是他低頭扒了一大口麵線，把嘴巴鼓得像求偶的青蛙。又拿起一杯酒，麵線下嚥後，說：「謝謝啦，我敬大家一杯。」放下杯子後，便匆匆離去。

出門前，他回身前向大家揮手，像個成功歸來的英雄。席間，大家似乎只對監獄的種種有興趣，關於他過去所犯下的罪行，不知道是故意還是忘記，一直沒被人提起。人回來就好，至於甚麼改過自新、回頭是岸之類的砥礪也免了。因爲出獄嘛，是喜事。

賞析

〈喜事〉的主角像英雄般炫耀坐牢時的見聞，到處去吃豬腳麵線、喝接風酒，毫無歉意；然而，出獄是「喜事」，大家追問主角的是監獄裡長什麼樣子，而不追究主角在蹲牢房的期間有沒有反省。這是作者要表達的諷刺。

身爲讀者的我們，完全可以理解文中「大家」的想法和做法，因爲作者妙筆生花的描述，讓我們也跟著好奇監獄裡的種種。一般人沒坐過牢，當然對牢裡的樣子好奇，問東問西才正常，沒時間多說別的。

沒人勸告和砥礪主角的原因還有什麼？基本的人情世故，除非眞正的至交良友，否則不能說不入耳的勸諫直言，免得成爲惹人厭的白目。可你想想，像〈喜事〉主角這種唯利是圖又暴力膚淺的人，能有眞朋友嗎？和他來往的大略就是生意對象、點頭之交、酒肉朋友這三類的人，自然就是迴避不好聽的話，甚至逢迎巴結。

根本沒人眞心對待主角。小說裡的「大家」心知肚明，就連小說讀者也或許能看出來，唯有小說主角沒發現，對自己的言行充滿著不知打哪兒來的自信，蠢度破表，這是作者安排的另一個諷刺。

作者

林瑞麟，臺灣臺北人，淡江大學英文學系、EMBA企業管理系。臺灣極短篇作家協會會員。因爲想紅，1996年前後開始於報紙副刊發表作品；因爲想活，2003年以後在工作中浮沉與文學疏遠；因爲想玩，2012年在社群網站遇見書寫的蒼涼與歡愉。迄今，詩、散文、極短篇、小說等散見報紙副刊、詩刊和網路社群媒體。

結婚櫃檯

煮雪的人／作

我拖著行李走進機場，由於同行的朋友還沒出現，掛好行李的我只好隨處晃晃。走進書店開始瀏覽機場會賣的那些書，怎麼看都差不多，架上甚至放著五年前的旅遊書，封面還裝做一副很新的樣子。我走出書店，看見一個排滿人的櫃檯，走到隊伍後面想要看看是哪間航空公司這麼熱門，結果哪間都不是，而是「結婚櫃檯」。

「結婚櫃檯？」我問了排在隊伍裡的朋友，看見朋友在隊伍裡的時候並沒有感到太訝異，畢竟他就是那種可能出現在任何地方的人，更令我訝異的是他身邊站著一位我不認識的女子。

「喔，你不知道結婚櫃檯啊？」朋友拍了拍女子腳邊的紫色行李箱說，「因爲她的行李太重了，想要跟我合併計算重量，但是有些航空公司規定必須是親屬能才合併計算，我們就只好在這裡辦結婚囉。」

「當然，我們一下飛機就會在當地的離婚櫃檯辦理離婚，我不會把你的朋友搶走。」女子說完就笑了，朋友也笑了，只有我沒有。

放眼望去，隊伍裡果然都是看起來是伴侶，卻談論著生疏話題的人們，有人牽著手，大概是爲了讓允許結婚的機率增高吧。

「那些牽手的人一定是菜鳥，」朋友說，「這裡的承辦人員哪會管你這麼多。」

「也許眞的有情侶是在機場臨時想結婚。」我說。

女子拿出鏡子，開始補妝。

隊伍開始前進，朋友提起輕便手提袋，女子則拖起紫色行李箱。

「可以問一下妳的行李是超過幾公斤嗎？」我說。

「大概一個烤肉醬的重量。」女子說。

「那不是隨便把一點東西塞進手提行李就可以了嗎？」

「下一位。」結婚櫃檯的承辦人員對著我們這裡說。

「你看，」女子對我說，「我們才排五分鐘而已。」

賞析

古時候的人重視婚姻，結了就要好好守著；現代人則覺得合則結、不合則離，於是難免有些人在結婚之初就沒有好好考慮，後果可想而知。

如果，結婚不再是攜手共度一輩子的承諾，而是興之所至就做的決定，那會發生什麼事？本文作者想出了很誇張的假設，爲了超重一個「烤肉醬」的托運行李懶得改放至手提行李，就在出發機場辦結婚，一到達目的地機場就離婚。排隊五分鐘就能結婚，又能在另一個機場的櫃檯就辦離婚，手續這麼簡單，只有幾個小時的婚姻關係，且這關係僅存在於借用托運行李重量額度；結婚離婚就這麼沒負擔，但也驗證了什麼叫做把婚姻當兒戲。

夠誇張，才令人震驚，才讓人不得不用理性的抽象思維分析問題，而不會被枝微末節的但書影響，回歸最本質的概念去思考。篇章修辭的誇飾，有時能讓我們把問題看得更清楚。

作者

煮雪的人，《好燙詩刊》主編，著有詩集《小說詩集》。曾獲教育部文藝創作獎短篇小說優選，作品入選《衛生紙詩選》、《2012臺北詩歌節詩選》。

他們說

晶晶／作

最近，印健康檢查報告的列表機常卡紙。
我們問列表機的廠商，他們說：「是紙的問題。」
我們問紙的廠商，他們說：「是列表機的問題。」

賞析

〈他們說〉用不到一百字，就把事件敘述得清楚且完整。「我們」遇到列表機卡紙的問題，求助應該負責任的「他們」，列表機廠商和紙的廠商，得到的結果全都是推託出去，撇清自己的責任；但責任分明就在他們身上，他們「說」的不是事實，而是展現他們否認犯錯的卸責態度。

本文的神來一筆是第一句，印「健康檢查報告」的列表機常卡紙，而非印其他東西的列表機卡紙。表面上講的是眞的印健康檢查報告的列表機，但其實暗喻著必須檢查稽核的事物，以及打混偷懶或是偷雞摸狗的行爲會見光死的時候。就是有了更深更廣的層次，〈他們說〉的象徵意義因此增強，也更能套用到不同讀者所面臨的狀況。

〈他們說〉的作者晶晶完全屬於庶民圈，拿著不太能賺錢的學歷到處找工作，也換過許多職業。各種不同工作遇到的事件，都成爲她創作的靈感；或許，〈他們說〉是來自她在診所或坐月子中心工作時接觸到的靈感，那臺「印健康報告的列表機」成爲小小的靈光，等需要時乍現，巧妙地融合在她的小說當中。

敏銳地去觀察生活中的大小事，或許下一則故事就用得上。

作者

晶晶，臺灣宜蘭人，國立臺灣大學進修部中國文學系肄業，曾在《聯合報》副刊發表兩百多篇最短篇，作品〈問路〉入選 2010年技術校院四年制與專科學校二年制統一入學試題。著有最短篇集《晶晶 亮晶晶》(爾雅出版，獲國立臺灣文學館100年度第一期文學好書推廣)。

工人悲歌

黃雍嘉／作

夜色的手重重壓下鐵皮屋。

屋前的煮麵機上，不鏽鋼蓋的細縫爬出絲絲蒸氣。

成排倒疊的塑膠碗，覆蓋厚厚一層無聊。

波浪板上的鐵窗外，叢生的雜草隨風搖曳，似指揮家的棒，指揮著蟲子大合唱，呼應著門外馬路那呼嘯的引擎聲。

電視的第四台新聞不斷重複，錄音帶似的。

麵店內只餘一桌客人，看新聞到入迷，舉箸老半天。

我佔據另一角空桌，捧腮滑手機，工廠體力活的疲倦猛拉眼皮，昏昏欲睡。

朝備料的母親打個招呼，走到外面不遠處的路燈。

點菸，吸氣，仰頭吐煙，那股煙裊裊散入路燈的淡黃光暈中。煙霧和懸浮粒子、不知名的飛蟲交融一起。

我喜歡這個點，不爲什麼，只因爲安靜，加上路旁停靠的車輛遮掩住我，行人不會注意到我，夠隱密，挺好；更重要的是，有個消防栓，剛好可以歇腳。像現在，我就坐在上面，四平八穩，有種爲我量身訂做的感覺。

煙燒半截，一個男子走近店。我將煙蒂彈入水溝蓋，上前裝出滿臉笑。

「先生，內用還是外帶？」

「內用。」

我至洗碗槽洗手。「先進來坐，看電視。」

甩掉手上水漬，我推開木板門，拉出了刺耳摩擦聲。

他提著紅色塑膠袋進店。

我趨前，只見他那頭髮似盤圍棋，看棋面還是白子站上風，短袖破襯衫沾滿水泥粉，大概扛整天，讓他肩膀緊縮，彎腰到耳與肩同寬。

「要吃甚麼？」我說完閉嘴，等他決定。

他抬頭，看掛牆那壓克力板，張望菜單老半天。

「我要一碗麵。」

我馬上接口：「乾麵湯麵？」

「乾麵。」

我流暢地接過話：「大碗小碗？」

他沉思一會：「小碗。」

「要不要麻醬？」

這次他馬上反應：「麻醬要加錢嗎？」

「不用。」

他毫不遲疑說：「好。」

「要不要湯？」

「嗯……有清湯嗎？」

「有。」

「清湯就好。」

「馬上來。」

他在偏僻座位坐下，由塑膠袋內小心掏出大瓶保力達p和塑膠杯。

瓶蓋轉開，一股熟悉的甜膩味飄入我的鼻腔，喉嚨似螞蟻爬過癢起。

母親煮好麵，我右手捧湯，左手捧麵，緩步至他身旁，低聲說：「請慢用。」

我瞥一眼，他那瓶已經喝了大半，整張臉通紅。

半小時後，他起身結帳時像換個人般，不再彎腰駝背，胸膛挺個老直。

「謝謝光臨。」

他剛踏出門，我已經收好碗筷，用抹布清潔桌面，將那空瓶擺在垃圾桶旁，跟它三個同伴作伴。

我繼續滑手機，母親專注民視連續劇，她突然說：「你那做鐵厝的堂哥老愛喝那種，肝癌走了，不到四十歲還留兩個小孩，你別給我喝喔。」

「知道。」我頭也不抬：「我好幾年沒喝那個了。」

此時，連續劇進入廣告，播放著五佰帶領一群臉帶微笑、肌肉膨脹的工人，在空曠的廠房中賣力演出。

賞析

真希望各行各業都有人能寫小說，願意寫他們那個行業所見所聞的小說，這樣文學的花園就可以更加茂盛，人與人之間也更能彼此理解。是以，當我看到難得一見的工人小說，就引薦。

〈工人悲歌〉的作者本身就是工人，與母親同住，而他母親就在歸仁開麵店。自傳色彩濃厚的小說，寫好寫壞很極端，但要掌握的問題只有一個：「讀者爲什麼要讀你的故事？」已是超級名人？當然沒問題。但若不是呢？一是你的故事夠獨特，二是你得砍進讀者的心。要砍進讀者的心一定要他們想起他們自己，讀你的作品時會有情緒，若能哭或笑就成功了。

臺灣的工人作家極少，且此文故事能砍進讀者的心，主要是很多讀者也經歷低薪和過勞的問題，因此更能共鳴。

作者

黃雍嘉，臺南人，1974年出生，長榮中學美工科肄業。現專職焊接工，接觸寫作三年餘，獲第四屆臺南文學獎華語短篇小說首獎。

狗

潘古音／作

已經十一天了，被關在這個鐵籠子裡，我試了三次都沒能脫逃出去。

變成這副模樣前的記憶，只剩下跟白目他們喝酒，然後就開車回家。那一天剛好下大雨，我知道警察根本不會淋雨出來抓酒駕，所以就安心開上路。

想說十幾分鐘的路程根本沒事，但我越開越想睡，後來只記得醒過來就在這籠子裡了。

我看不到我變成什麼，但從控制的手腳來看，似乎變成一條狗，一條身上有很多蝨子跳蚤讓我癢的沒辦法不動動身體而減輕那癢度的狗。

今天又有幾個人過來看狗，我聽到動保團體的小姐跟他們介紹說，這些狗明天就不能留在這邊了，一開始聽到心裡還高興了一下，以爲明天就可以重獲自由了。

旁邊的小女孩天眞的抬起頭問說：「那牠們要送去哪裡？」

動保的那個小姐突然眼眶一紅，右手掩著口說：「沒有人認養，牠們都會死翹翹。」

我一聽到，心裡一急大聲的叫著：「放我出去！我是人我不是狗！」拼命用爪子勾弄著鐵籠子的鎖頭，只看到小女孩的父母急忙帶著她離開了。

也許，對他們而言，我那幾句話只是這裡每天都會聽見的淒厲犬吠聲。

隔天，我看到動保小姐又帶著一個人過來看狗，我心想這是最後的機會了，於是很乖的直挺坐好等候著，期盼能被這個人拯救出去。

「這隻狗好像有受傷啊？」聽見那人問著。

動保小姐對他說：「是啊！牠被送來這之前，被一輛車擦撞到腳受了傷送去動物醫院，那車肇事逃逸也沒記到車牌，醫院沒辦法收留只好送來這邊。」

那無聲靠過來的身影好熟悉，抬頭一看，那居然是，我！

我直挺的背脊，毛都豎立了起來。

賞析

寫作和爲人是否成功，有一個可判斷的共通點，就是在於能否「換位思考」，也就是有沒有「同理心」，設身處地思考，如果自己是某個人，遇到那個人遇到的事，會如何想、如何感受。換位思考用在寫作，對作者而言可以是種探索，透過故事發展和角色反應釐清自己的思維，宣洩自己的情緒；對讀者而言，則是透過作者的眼睛看故事，或許是新世界，也或許是舊世界搭配新觀點，也或許是代替讀者呈現原本讀者想呈現卻無法呈現的世界。

寫作時，作者去想每個角色的言行舉止，遇到什麼事會如何反應。此文作者不僅做到這點，還試著讓小說中的角色也去經歷換位思考的歷程；和安全的假想不同，小說主角直接體會被害者的痛苦，讓他直接從加害者變成被害者，還是被自己害的。

小說主角犯了酒駕的大錯，撞傷一隻流浪狗，因此靈魂跑到那隻流浪狗身上。傷病犬在過度擁擠、缺乏資源的收容所當中，處境可不太妙，公告過後十二天的免死金牌時間一到，就有可能被安樂死。小說主角得知自己的生死大限後，更急切地想被領養以逃生……，最後一天，主角最後的希望，究竟是誰？

小說末段收尾給了非常有意思的答案。試著想想，此人願意救主角嗎？如果領養主角出去會好好對待牠（他）嗎？爲什麼最後出現的救命稻草會是此人呢？

小說採取開放式結局，沒有交代小說主角是否逃離收容所，作者處罰了酒駕的小說主角，但把小說主角最後的生殺大權交給讀者。如果是你，你希望看到什麼結局？

作者

我有兩隻筆，一隻寫字，一隻作畫。

儘管只是隻企鵝，但在夜晚，掛上夢想便能飛翔。

身爲一個工程師，隨身攜帶兩隻筆也是很正常滴。

我是潘古音。

鐘阿磊

古嘉／作

「當然是派最乖的去囉。不然校長會丟臉。哈！」有同學起鬨。

倒楣如我，只好被派去參加活動，準備讓記者拍照。

「還差兩個人。」

「既然是反霸凌，就該派一個老是欺負其他同學的人去。」鐘阿磊此言一出，全班頓時陷入一片寂靜。

老師說：「鐘阿磊、林大欽，你們兩個，跟陳珮玉一起去。」

「幹！」一出教室，林大欽就對鐘阿磊比中指。

鐘阿磊躲在我旁邊，不敢靠近林大欽。鐘阿磊被林大欽那群人打過好幾次，結果還是學不乖，講了不該講的話。老師也眞是的，派了林大欽去，都不怕到時候場面失控。

校長先集合全校代表，開始囉嗦，告訴我們等下該怎麼怎麼做。鐘阿磊害怕林大欽，完全不敢鬆懈地注意著他。林大欽倒是沒管鐘阿磊，而是跟我說：「死老頭這麼多話，全都是狗屁。」

我小聲附和林大欽：「豈只是狗屁，根本就是狗大便。」

林大欽笑了出來，聲音很大。校長指著我們說：「你們三個哪一班的？」

「二年七班。」鐘阿磊回答。

「你不說話是會死喔？」林大欽瞪了鐘阿磊一眼，表情非常兇狠。

校長說：「暫且先原諒你們。縣長來的時候，要誰再敢吵鬧，我就懲罰。臺上有人講話，你們在臺下就要注意聽，不要私底下在那裡聊天……就像我們活動要做的一樣，你們要『有品格、有禮貌』……」

校長又在那裡狗大便了，眞的很無聊。沒有神遊天外，想些事情，我還眞不知道該怎麼打發時間……說到狗大便，就想到我現在住的社區，沒有流浪狗，卻一堆狗大便。社區有幾處掛了透明塑膠小桶子，裡面放了很多小塑膠袋，貼了標示說歡迎遛狗人士取用來裝狗大便。社區到處都貼了公告，說檢舉沒有幫狗清大便的人，可以獲得一半罰款當獎金，公告還說，將狗大便清理起來，可以拿去里辦公室換禮物。結果，做了這麼多實際上的事，狗大便還是一堆。

所以啊，校長弄這「有品格、有禮貌；反幫派、反霸凌」，是什麼鬼活動，說多蠢就有多蠢。我才不信辦了這活動，會改變任何東西。

怎麼說呢？

校長在臺上，跟大家說，我們要在縣長面前簽名連署，證明大家都有努力反幫派、反霸凌的決心。還有，要我們一再重覆練習待會兒要講的話，「我不要被霸凌，也不要霸凌別人」，到時一定要很大聲，有氣沒力會被處罰……「聽到了沒有？」校長大喊。

「聽到了。」「沒吃飯喔？大聲一點！聽到了沒有？」「聽到了！」

就這樣？這活動做的比我們社區清狗大便的政策還沒力。里長弄了這麼多賞罰規定，我們社區的狗大便，到現在還是到處都是；校長要大家喊喊口號、簽個名，就能解決霸凌問題。搞笑喔？學生被欺負，學校不處理，只是辦個活動做做樣子，會有用才見鬼！

鐘阿磊在我們班，常被同學故意推倒，被罵髒話。我們班老師知道後，請學務處和輔導室的人幫忙，他們說他們太忙所以幫不了；告訴校長，校長說，學生有些推擠是正常的，年輕人講話常常比較衝，也不是眞的罵髒話。校長說如果只是這樣就要通報，未免也太小題大作。於是，這事就不了了之。

甚至，有次鐘阿磊被隔壁班的蓋布袋，學務主任知道，也只是把那群人叫過去唸一唸，沒有處罰。我們班老師跑去找校長，說自己班的學生被隔壁班的欺負，學校說願意通報卻一直沒通報，實在欺人太甚。校長說，只被圍毆一次，不算被霸凌，霸凌是長期發生才算。

導師生氣地說：「難不成要死了人，學校才會管？」

校長回答：「有問題不要找我，你自己去跟那個民意代表說。」

我們不知道後來事情發展得怎樣，總之，隔壁班那群人經過這件事，還是很囂張。前幾天，我們樓下那班的某學弟，還被他們打得鼻青臉腫。

記者來了，縣長、督學、教育處長，那堆傢伙全來了，弄個很大的陣仗。我們班，由於老師吃錯藥，偶爾會霸凌別人的，和常常被霸凌的，都跟著我這種乖乖牌來受罪了；隔壁班，他們老師知道不要得罪校長，所以，那群混幫派、常常霸凌別人的，沒有一個被派來參加活動。

「我不要被霸凌，也不要霸凌別人。」鐘阿磊講的很大聲。

「你講這之後就不會被欺負？」看他對這事的專注，我不以爲然。

「校長說，不大聲唸會被處罰。」鐘阿磊靠過來，用氣音回答。

呵，依我看，狗大便霸凌的威力才眞的驚人。

賞析

甲多次欺負乙，使乙心生恐懼，而乙無法反抗，謂之霸凌。臺灣政府從未正視校園霸凌，只會作秀讓學生簽寫反霸凌宣告書，官員去校園一起拍拍照，並且請記者來寫成地方新聞或教育新聞，就自以爲有推行反霸凌，可笑之至。

作者的求學歷程顚簸奇特，因此特別關心教育以及兒童青少年，也曾做過相關工作，蒐集了許多和教育以及兒少保護的眞實事件，改寫成極短篇小説集，〈鐘阿磊〉就是其中一篇。

本文主角是時常被霸凌的鐘阿磊，常霸凌他的人之一是同班同學林大欽，而同爲同班同學的敘事者是乖乖牌陳佩玉，三人被老師一起派去幫官員和校長作秀。林大欽和鐘阿磊的原型是作者的國中同學，會鬥狠的和容易被欺負的人都有各自的特質，因此可以傳神地傳達。至於行政人員推託不支援教學，或是校長壓霸凌事件或壓不適任教師事件，民意代表施壓或關說……等，這些到處都會發生的事，作者無奈的經驗，也藉此反應在小說中，想告知讀者。

寫作不一定要文以載道，但作者寫作時可以選擇重視主題和目的，這涉及的就是個人的創作觀了。

作者

古嘉，本名古嘉琦，一九八一年生。國立臺北教育大學特殊教育學系畢業，輔系語文教育學系（今語文與創作學系）。

著有短篇小說集《古嘉》、散文集《13樓的窗口》、詩集《詩領域》、中長篇小說《夢境編寫》、極短篇小說集《大人不知小人心——100個臺灣孩子的啓示》。

卡夫卡

愛亞／作

「荒謬！」

女子啐了一聲，一甩手，將雜誌丟棄在床角，適才她讀的是一篇節譯小說，胡扯些什麼人變成了一隻大得不得了的甲蟲！簡直荒謬！

女子起身下床，一邊她用腳趾勾扯著拖鞋，一邊感到有一股說不明白的奇異感覺，說不明白，眞的奇異的感覺。她起立，眞覺的低頭審視自己的腳。

「啊呀！」

怎麼回事？腳腫了！兩隻腳都腫了，難怪穿在拖鞋中的感覺不對！是傷了嗎？還是吃錯了什麼過敏了？女子彎身，想以手撫摸那腫胖得可觀的腳，但，但哪！不能彎身哩！腰肢是僵硬的，不能彎身！她再低頭，驚覺自己的雙腿也是腫脹著的，她知道了，她的那種奇異感覺就是從身體腫脹的感覺啊！她拖著笨重的身體衝到大穿衣鏡前，一聲尖銳的嘶喊幾乎要震裂震碎了鏡面！女子驚詫恐懼到了極點！鏡中，鏡中著睡裙的自己……女子唰的一聲伸手撕扯著緊貼身軀的裙，幾經撕扯，總算將裙除離，而鏡中裸身的影像肥胖得不成樣子！怎麼，怎麼會這樣？衝到體重磅秤上，磅秤指針似乎不勝負荷，顫顫抖抖的指著，指著，指著六十一公斤，怎麼，怎麼，怎麼可能！

「我只有四十七公斤的呀！」

四十七公斤，三十四、二十三、三十四，多麼勻稱美好的身材！而，現在，怎麼可能？

伸手取過化粧檯上削眉筆的小刀，女子兩刀割斷了小巧可愛卻死命勒在臀部的底褲，底褲下的肉體突然獲得自由，女子感到一種鬆弛的舒暢，不，是，幾乎是像發麵一樣，立時的發酵膨脹起來。

眞的不知道出了什麼差錯！

女子驚呆著，裸身的在小小的套房中踱步竟日，她沒有進食任何東西，沒有接電話，沒有應門，沒有，沒有任何思想，腦中所有，只是一逕的自問：

「怎麼會這樣呢？」

時不時的，她會站立在磅秤之上，先是急急跳上速速跳下，然後，幾乎是恐懼著，不敢，卻終於再步上磅秤，小心翼翼的步上，再輕輕巧巧的離開，而那磅秤終是不顧情面，自早晨第一次的六十一公斤達到了目前的七十九公斤！當過了這夜晚，這漫漫長夜，又會怎樣呢？會繼續肥胖到一百公斤？抑是回復到原先的纖美身材？女子反覆的思想又思想。

電話鈴聲不斷的在空氣中迴盪，女子當然知道是誰打來的！知道這電話的沒有幾人，能不斷來電話的自然只有她的情人！想到情人，女子思索著：會是情人的妻子嗎？那婦人曾詛咒她千遍，會是，會是情人的妻子去求了什麼符咒或法力，促使她突地中魔肥胖嗎？

再站立在穿衣鏡前，女子簡直不忍觀看鏡中的人！自己原有美麗的面貌，而肥胖，使得眉顯得髒，眼縮擠做細三角形，鼻子鼓成一團肉，擱置在嘟起的唇口之上，而那腮與頦尤其不堪看！更不必去觀察肚腹上的一圈一圈一層一層堆積著的淤滿著的鬆垂著的擴張著的……那些「組織」。

怎麼辦呢？自己變作了這樣？

一夜無眠，清晨四點，女子的體重終於突破了一百公斤大關，她幾乎是困難的挪移著自己，身軀的確是忒重了！忒重了！

而，等一下，她的情人必會來一探究竟的，何以她的小套房無人接聽電話，而房門又深鎖著？那時，她怎麼辦？她如何去面對自己的情人？

她倚牆斜靠，不敢睡躺，早晨她已體會到胖子起身的困難，她不要情人來時她還在床上掙扎著「爬起」！情人，那摯愛她美麗的面龐纖好身段的情人必會破門而入的！

八點，她奮鬥的由床上站起，站起的剎那，她聽見鐵架床吱吱嘎嘎的下陷及裂斷聲，她的肥嘟嘟的赤足在凹下的席夢絲床墊上，巨大的臀則擱塞在窗檻上，她彷彿也聽見窗檻的呻吟！

她的情人早晨八時會出家門，八點十五分到她處吃早餐，日日如此。今天沒有早餐了，以後也是，女子哀怨的自語著。化粧檯上的小座鐘指向八點十分了，有了敲門聲，是她的情人，並且在喚她的名字，女子快樂的笑了，雖然笑時要擠開肥厚的贅肉使得「笑」這件事並不愉快，但女子還是快樂的笑了，情人是關懷她的，他比平日早到了五分鐘。

門鎖在轉動了，情人用自備的鑰匙啓開了鎖，下一步，將是撞壞門內拴住的安全鍊。女子向門處飛了一吻，吃力的邁腿向窗檻外，縱身……

十二樓向地面的旅程竟然那樣緩慢！女子聽見並感覺龐然巨物的自己跌落地面，眞不好意思！搞出這樣嚇人的聲響來！

……

女子發現自己身輕如燕，飄飄地，她升向空中去，忽然，她看到地面上跌做俯臥姿態的自己漸漸縮小了，縮小了，終於縮成了大約是她原有的尺寸。呀呀！這是多麼美妙的事！等一下她的情人由樓上趕來時，見到的會是身材姣美的她的屍體！眞是太好了！女子心中迫迫的感謝起來，然後放心的以更輕飄的體重往天際不知名處升去。太突然而來的快樂，使女子全然忘懷了死亡這回事，竟然，她也就忘記了再去看她的情人最後一眼。

賞析

一位身材姣好的情婦，看完卡夫卡寫的〈變形記〉，不屑小說中「人變成大甲蟲」的情節。可是，就在這時，這位情婦發現自己也「變形」了。從四十七公斤突然往上飆，不出一天竟胖到了體重破百，使這位情婦憂心忡忡，擔心自己將在面對情人時會破壞了形象。後來，這位情婦做出了誇張的舉動來迴避這場尷尬；只是，她到最後才發現自己重視的並不是情人眼中的自己，而是她自己眼中的自己。而且，是外貌上的自己。

體重是絕大多數女人的魔咒，不是只有情婦而已，使用情婦這樣的角色，是便於讓故事更順理成章。

古代父權社會，產生「女爲悅己者容」這句名言；然而，眞相是「女爲悅己容」。多數男性是事務取向，而女性是人際取向，這說明的是——別人欣羨的目光或是憐愛的行爲，是女人成就感甚至經濟收入的來源，「別人」是誰，其實沒那麼重要。

男人？愛情？都不是女人生命中的核心。走到最後，女人要思考的問題還是關於自我認同。女人要問自己：「如果我的外貌不好看，我就不認同自己的身體嗎？」更進一步還要問：「如果我不認同自己的外貌，我就不認同自己嗎？」

話說回來，〈卡夫卡〉能讓人想到認同問題，可見得它的靈魂的確非常「卡夫卡」呢！

作者

愛亞，本名李丌，臺灣當代重要女作家，筆耕不輟。一九九九年以「愛亞極短篇」獲中興文藝獎章的殊榮，二○○九年更榮獲吳魯芹散文獎。寫作文類廣泛，包含小說、散文小品、雜文評論、兒童文學、青少年讀物、旅遊記事等。著有《喜歡》、《給年輕的你》、《秋涼出走》、《曾經》、《愛亞極短篇》、《味蕾唱歌》等。

溫泉即景

平路／作

孤獨久了，需要一點奢華的幸福感，她才去泡溫泉。

平日生活簡單，她泡溫泉的配備也是一塊毛巾而已。

自從溫泉成爲流行話題，大眾池周邊的女人多了。人人都有一個精緻的提籃，裡面各種香氣，柑橘、精油、罐裝牛奶……攪拌好了，在自己身上慢慢搓揉。

嘰嘰喊喊交換情報，早晨的果菜汁、做臉的沙龍、下午茶的餐廳，提籃裡豐盛到什麼都有，還要問栓在提籃上的繡花小手絹哪裡買的。

裸著身子縮在水裡，她冷著一張臉，感覺比進來時更孤寒了。

賞析

溫泉水是熱的，爲什麼泡了會更孤寒呢？覺得寂寞覺得冷啊！

一個平日獨自生活的女人，習慣過著簡單、樸實、不交際應酬的日子。討厭跟三姑六婆嚼舌根，不代表不需要朋友；因此，看到一群女人炫耀、喧鬧，闖進她原本想要享受的溫泉，干擾她平靜的生活，她當然又嫉又恨。

本來嘛，泡溫泉就是簡單的泡，稍加沖洗後入溫泉，是避免汙染水質。泡完後可以直接晾乾皮膚，洗頭雖可用洗髮精，但沐浴只宜用清水避免破壞溫泉療效。本文的三姑六婆們拿東西在身上塗塗抹抹，然是不懂溫泉好在哪裡，只是把溫泉當成社交場所罷了。各種香氣並非香氣，只是暗喻那些刷存在感的人會展示氣味，像搶地盤似的。

也難怪小說主角會覺得反感，縮進水裡以阻絕外在干擾，雖然這樣也沒辦法眞正阻隔什麼。

作者

平路，本名路平，臺灣大學心理系，美國愛荷華大學碩士。曾任《中時晚報》副刊主編、《中國時報》主筆、香港光華文化新聞中心主任。

重要著作包括長篇小說《行道天涯》、《何日君再來》並已譯成多種外文版本；短篇小說集《百齡箋》、《凝脂溫泉》、《玉米田之死》；散文集《讀心之書》、《我凝視》；評論集《女人權利》、《愛情女人》等。

聖誕老人

水一方／作

聖誕節的那天晚上，街上渲染著一股歡樂的氣氛，儘管這個小鎮，並不是一個篤信聖子耶穌的小鎮。成三角錐狀的聖誕樹，掛著鈴鐺和各色彩帶，風很大，但是樹頂星星不曾搖晃，今年也是歡樂的聖誕節吧！

我把自己裹在大衣裡，牽著我年僅十歲的妹妹，手機裡晃動著一則則「聖誕快樂」的簡訊，但是我並沒有回覆他們。還記得是在前年的這個時節，學校裡坐在我隔壁，笑容靦腆的女孩緊緊地握著我的手，心連心，手連手，我們愛上彼此，在鎮上最大棵的聖誕樹下交換了彼此的唾液。

「吶……到底有沒有聖誕老人啊？」妹妹拉了拉我的袖子問道，雖然每每我都告訴她聖誕老人的傳說不是眞的，但她總是要巴著我問。

「或許……有喔……」我是這樣說的，那紅色的身影，我永遠不能忘懷，他背著一個大袋子，他給了我一生都不可能的幸運。他的聲音很沙啞，好像被石子磨過聲帶，他的手粗壯，或許是那個大袋子造就的。可是他沒有雪橇，沒有一匹匹掛著鈴鐺的馴鹿，他不知打哪裡來，也不知打哪裏去。他像是這個季節裡的一朵紅花，出苞、盛開、凋零、消失。

今年，還會不會有這樣的幸運呢？

紅色的、紅色的、紅色的。他來了，一樣從黑暗裡走了出來，他背上的行囊更加龐大，但他像是一身輕裝般快步行來。妹妹開心的跳了起來，我的臉上也泛起久違的笑意，看來，聖誕老人並沒有忘記，我與他的約定。

「一年……不見……」他說，依然沙啞，不過聽起來，他似乎有一點點喜悅。

「久違了，聖誕老人。」我說，像是認識多年的好朋友般。

「你……沒有……忘記吧？」聖誕老人指著我，又指了指他的袋子，我會意的點了點頭，這是我今年最期待的時刻，豈會忘記。

「你要的禮物……我會送給你的……」我從口袋裡拿出一根菸，遞給他，幫他點燃。

我們坐在一個沒人的角落，抽著我們的菸。聖誕老人笑了，我也笑了，他笑得不知所以然，我也笑得莫名其妙。有時候，互蒙其利也是一種很棒的感覺。

「惡魔的生活，是怎麼樣啊。」我吐了一口煙。

「有時候……你就坐在一個地方……看著那些靈魂……哀號……然後你就……看了一整年……也有時候……你就是睡了一覺……一個世紀就過去了……當惡魔……沒有朋友……即便那些……曾與你交好的……也不能算是……朋友……當惡魔……要學會享受……孤獨……」

「我想也是，要不然你怎麼會每年聖誕節都上來人間。」我乾笑了幾聲，愚蠢的惡魔。

「你還沒有跟我說……你想要什麼禮物……」聖誕老人輕輕地打開他的大袋子，裡面裝滿了許多靈魂，扭曲的臉孔、掙扎的表情、殘破的肢體。惡魔……會知道什麼叫做快樂嗎？

「再給我更多的幸運吧。」我把菸扔在地上，煙霧向上竄升，然後熄滅。

用女朋友和妹妹來交易我一年的幸運，也算是個划算的買賣。我喜歡和聖誕老人交換禮物，他拿他想要的靈魂，我拿我需要的幸運。

「明年……一樣嗎？」他說。

「一樣。」

賞析

此文作者擅長寫禁忌議題，且毫不避諱邪惡、暴力、愚昧，創作企圖心是讓讀者看清罪惡本質，看透就不至於不小心陷入。

話雖如此，選摘或出版此文作者的極短篇，還是相當需要勇氣，因爲衛道人士會認定書寫罪惡就等同罪惡，有意識形態的人則容易對號入座，文學本身也可以多重解讀（當然包括誤讀）。這次選的〈聖誕老人〉比起同作者的其他作品，在臺灣已較少爭議性，但仍火力大開，討論什麼是惡魔，就算有聖誕老人的外觀，或是人模人樣的男友和哥哥，只要去交易人命或靈魂，就會開始過起惡魔的生活。外表不可靠，就算披著慈善的外衣，就算打著公益的名號，就算魅惑群眾且善名遠播，騙過眾人的惡魔仍是惡魔。而我們工作或處世，若拿著良知去換輕鬆，拿別人的人生或生命去換利益，那我們也會逐漸變成惡魔。

並非任何東西都能交易，也並非看起來善良的人都可以信任，〈聖誕老人〉戳破童話，告訴我們眞實的道理。

作者

水一方，本名曾鈵元，九〇後的典型e世代，曾任建中小說創作研究社社長，小說風格以晦暗與殺戮爲主軸，但事實上是一個堅決反對暴力的人。自認爲中長篇的小說容易故事龐雜偏離主旨，唯有短篇以及極短篇才能深入人心，並期盼現代小說能夠同時兼具網路語言、傳統白話文學、文言文三者。

死亡練習題

陳謙／作

夜到寂寞處，連一隻蟑螂在隔牆振翅，在台北盆地的靜默裏，都能聽到習習、習習的回聲。

母親才關門離開，整個城市的孤單竟大片襲來。

對於死亡，有時，是不夠虔誠的。她這般思索，眼睛的餘光漸望向原木相框，一組看似美滿的母女合照。

不能下決心離開，什麼是最大的牽掛呢？

她從床舖上吃力坐起，緩慢伸出右腳，微微見到光線返射下，冰冷的鋼鐵隱約放著寒光，扭亮桌燈才清楚看見，蒼白的義肢，包裹住細瘦的腿。

從來不曾想過情感的滋味如此洶湧如此澎湃。只知道和他牽手，是散步於陌生街頭，還是遊走於陰冷的街道，心底的溫暖，總是滿滿的。

而他，一名電視台的導演，主持著收視率連續半年高居不下的單元推理劇。

身材微胖，再加上一百六十出頭的軀幹，一點也稱不上俊男的典型。

在一次臨時演員的召募中，無業的她參與試鏡，瓜子臉蛋加上典麗的氣質，使她成爲女配角，開啓了許多夢幻少女響往的追星美夢。

對許多演員都投注關心的趙導，是從場務、燈光師、後製控管十年來一路走上導演這個位置，由於苦學的經歷，讓他更能體恤每一個崗位同仁的辛苦，可以說趙導對每位工作同仁都有著相同的關切。

但她心中的感受特別不同。懂事以來，父親便不知何許人也。國中有一段時間偶爾接到一名陌生中年男人的電話，她母親只要舉起話筒，通常不到五秒鐘就會怒不可抑地掛上電話。

趙導並不特別照顧她，許是無心插柳吧，在她的情愫中竟燃著莫名的愛意。

四十出頭的趙導生性淳厚，在公司頗具人緣，比起趙導那個擔任製作人的太太，一幅尖酸潑辣的樣貌，眞是強烈的對比。

趙導的太太董月花，平日喜愛打扮，香水味更是一出電梯口，全公司的人都可以聞到。天生驕縱目中無人的模樣，好幾次還當著員工面前大罵趙導的不是，大家都說是因爲她有個電視台新聞部的主管老爸做靠山，才會這麼無法無天。而她的眼神永遠只會告訴每位員工：愛幹幹，不幹拉倒，我收視率這麼高的節目，還怕找不到人？

一次公司驅車南下出外景，用完晚餐，一群人欲回旅社休息，恰巧她就坐在駕駛座的旁邊，她不經意地望著趙導的側面，彷彿加疊著父親的側影，令她深深迷惘。

二十多歲初出校門的小女生，迷戀上年紀大她一倍的成熟男人，他們的發展，看在同仁眼中，並不是十分理想。同一個工作環境，平日的風言風語，難免是會流落到他倆的耳際。

「說就說吧，反正我們一清二白，愛怎麼說，就去說吧！」趙導告訴一名好意規勸他的朋友。

出完外景之後，他倆的確常常雙進雙出，但都只是吃吃飯罷了，但她常跟同事提起：希望有一位穩重的男友如趙導，才會引起流言的揣測，董月花也好奇詢問，帶著玩笑的口吻，事實上連董月花自己也不會相信，她會具有吸引趙導的特質。

她實在長得不怎麼美觀，因為唇齒間所留下的線縫那麼清楚地提醒別人，是位兔唇女孩。只是趙導有感於精神上的壓力，那天，他約了她。

也因為是耳語所致吧，流言使他們更注意彼此，這些日子以來，反而眞的燃起莫名的情愫，內心禁錮著奔竄的獸，不時撞擊牢籠，不時撞擊。

鐵灰色的轎車在夜暗的道路疾駛，閃亮方向燈，他把車子停靠於空曠的路肩。幾秒鐘短暫的沈默，剎時被她一個突兀的動作劃開，她緊緊擁吻住不知所措的趙導，停在空氣中的他的雙手，隨著趙導飢渴的舌頭而撫摸著她漲滿情慾而扭動奔突的乳房。

她軟軟地攤在趙導身上，像在春日裏，陽光暖和曬上小臉，而她是趴在馬背上，最幸福的小女生了。一種無法言喻的滿足全然掛上她的嘴角，業已軟溜的陽物還溼滑地偎在她的內裏。

又是那一日呢？長長的中山北路，槭葉落滿了人行的磚道，相互牽擊的手，卻有著兩個世界的劇本。他們向著美術館旁的基隆河岸走去，和風吹拂，趙導頻頻望向她的臉龐，喜孜孜的神情，這更加困惑著他想表達的感受了。

青春是一場華麗的冒險，在這樣的冒險裏只有是非題，沒有選擇題，尤其愛情。她是無法接受的，他只是當做自己孩子般的對待，不，不可能……不可能。

交戰的心是不可能出現澄清的答案的，一如濁水無法鑑照自己。

赫然駛入的救護車，載走了一名自四樓墜落的女子。

台北的夜雨細細，彷彿落在全世界的屋頂，雨水沖涮下，頑強的污垢仍在歲月中沈積，表面塵灰由於找不到攀附，只得隨雨水，或是淚水暗自流浪。

安靜的夜，迫使她有點想法了。她似懂非懂地自床舖上艱難地站立，柱杖一枴一枴地來到窗前，而青春的迷惘，一如雨濕的霓虹，那麼不確定，那麼似有似無地漂流著。

賞析

什麼是愛？什麼又是仰慕？當不曾體驗過父愛的女主角，將愛情與父愛混淆時，一如城市淒迷的冷雨，將人生陷入看不清現實的困境。以爲擁有愛情的女主角，其實正一步步地撰寫著死亡練習曲！

不安與懷疑佈滿著壓迫的城市，但在這城市裡，每一位，都只是爲生活鑽營的小人物。兔唇女孩，趙姓導演，或是董月花，都只爲自己善盡生存權利的生活著，也許無奈伴隨懷疑，但路還要繼續走，生命也只得存活下去。在這個大城市裡，無聲掙扎。而死亡呢？看似最微不足道，卻需要最大的勇氣選擇或者決定。

作者

陳謙，本名陳文成，一九六八年生。佛光大學文學系博士、南華大學出版管理碩士，現任教於國立臺北教育大學語文與創作學系。著有短篇小說集《燃燒的蝴蝶》、詩選集《島與島飛翔》、散文集《戀戀角板山》、論文集《反抗與形塑：臺灣現代詩的政治書寫》、教材《故事行銷：劇本企劃寫作實務》、《出版編輯實務》等十七種。

菲菲的男朋友

亮軒／作

菲菲受到大家的注意，是在不知不覺中醞釀出來的。剛入學的時候，跟許多其他的女生差不多，總還沒有脫盡高中生的稚氣與青澀。稍嫌清瘦，略帶蒼白，跟她的學業近似，不能說好，也不能說壞，家在南部的菲菲就那麼樣獨來獨往的過著。

沒人記得她從什麼時候開始愛打扮的，才不過一、兩年，菲菲發展得眉眼分明曲線玲瓏。早上第一堂課如果菲菲遲一點進教室，教授的眼睛就沒法子不衝著她閃一下子，課嘛講到中途停頓一下子。菲菲後來也不覺得不好意思了，反而大大方方咯登咯登一步步的入座，於是誰也不能不多看菲菲兩眼了。這種時刻，菲菲的穿著也不太尋常，一猜就知是玩了一夜沒來得及換衣服就上學了。菲菲也不迴避別人的疑問，只說玩得太晚，所以遲到。以後大家自然知道菲菲有了男朋友，是台大化學系的研究生，當然是十分了得的現代才子了。菲菲的一條養珠項鍊跟胸針就是她男朋友送的生日禮物，她男朋友為她舉辦了一個生日舞會，當場為她戴上項鍊和胸針，然後開舞，菲菲只是淡淡的描述，卻讓許多人羨慕。什麼時代了？還有這種男生哩！

菲菲常常談到的男朋友，動不動就以「我男朋友」作開場白，久了大家就覺得她有點三八，不太理她。菲菲又恢復了她在校園裡孤獨的影子。

有一天，菲菲悄悄的跟鄰座的阿惠講，他跟她男朋友吹了。那可是特級品的男朋友，因此菲菲又成爲許多人注目的焦點。菲菲灑脫得令人吃驚，只說，他要出國，叫我等他，怎麼可能？頗有人懷疑菲菲還會不會遇到這麼好的對象，阿惠就罵她太沒情義，菲菲聳聳肩說她才不在乎。

也許菲菲眞有女生不太看得出的魅力，才宣布跟研究生斷交不過兩周，阿惠就注意到她的一雙小牛皮手工浮雕花紋的靴子，菲菲說那是她現在的男朋友從新加坡買回給她的，輕描淡寫的語氣，可以讓有班對的男生爲之氣結。

這個男朋友是一家航空公司的副機艙長，年紀稍微大一點，那就更加引人入勝了。以後菲菲就經常穿戴神奇時髦的衣飾，又開始動不動以「我男朋友」作開場白，說到大家倒胃口了，菲菲又孤獨起來，雖然她還是漂漂亮亮的。

很滑稽的是就在大家快要忘掉菲菲的男朋友的時候，菲菲跟她的男朋友又吹了。老是世界各地飛來飛去的男人，太花心了吧？不是不是，是菲菲甩了他的。「一天到晚都不在，不好玩！」菲菲輕輕撇了撇嘴，算是回答了幾個女同學的問題，並且，很快的，菲菲又有了新男朋友。

是嘉芸心細還是多疑，嘉芸問阿惠跟其他幾個女生，有沒有人看到過菲菲的男朋友啊？菲菲生日舞會怎麼沒有請同班同學呢？大家面面相覷無法回答，於是嘉芸判斷菲菲根本沒有男朋友，菲菲是個幻想狂的變態。

這可是嚴重的指責，阿惠說那麼就請她男朋友出來玩嘛，不要亂猜人家嘛！商議的結果，校慶遊園會是好時機，幾個人就公推阿惠請菲菲在那一天帶男朋友來。沒想到菲菲答應得十分爽快，看來菲菲男朋友簡直就是她的囊中物。

校慶那天，好多同學的男朋友女朋友都出現了，可是阿惠嘉芸她們左等右等，從早上等到下午四點多，遊園會都開始收攤的時候，才看到菲菲慵慵懶懶的從操場的那一頭遠遠的走過來，一個人，頭髮亂亂的，衣裳縐縐的，臉上卻笑瞇瞇的。

大家問她妳男朋友沒來啊，菲菲有點不好意思的說，她男朋友來了，剛剛走。她說她帶她男朋友參觀校園，到了系大樓那邊就耽擱了好久，菲菲說，我男朋友說，他這個樣子怎麼見人？菲菲說到這裡就攤開雙臂，讓大家看清楚她自己的狀況。還是嘉芸機伶，一巴掌拍上菲菲的肩膀笑著說：

「要死喲！妳！」

以後菲菲就不再提到她男朋友的事了，並且，直到畢業，也沒有誰見過她的男朋友。有的是不想問，有的是不敢問，最多的是忘了問。

賞析

許欺角色精湛演技獎，就決定頒給〈菲菲的男朋友〉裡的女主角菲菲了！至於這篇小說的男主角？嗯，恐怕沒有男主角。

本來沒什麼存在感的菲菲，藉由表現出「交男朋友、換男朋友」的樣子，來讓自己看起來搶眼，讓自己和人聊天有話題；可是，同學們從來沒見過菲菲的男朋友。這讓人想到IG或FB的男友手照片，看起來像是女生一手牽著男友的手往前走或跑，男友跟在後面用另一手幫女友拍照。但這女生眞的有男友嗎？往往是假手和相機腳架變的戲法。借名牌衣服和包包拍照，甚至私闖別人的豪宅拍照假裝是自己住處，這些新聞裡的人物，思考和行爲都和菲菲同類型。由於人際上的乾涸和炫耀的渴望，想表現出自己的幸福和高人一籌，每張圖都在等讚。

〈菲菲的男朋友〉收錄在一九九八年就出版的《亮軒極短篇》中，這麼多年前就注意到這種心理狀態，對照現在的社交網站來看，作者亮軒眞的是神預言哪！

作者

亮軒，本名馬國光，臺灣作家、文學評論家。歷經中廣公司節目主持人、製作人，《聯合報》、《聯合晚報》、《中國時報》、《中時晚報》、《大成報》、《民族晚報》及若干雜誌專欄作家。曾獲中山文藝獎、《中國時報》吳魯芹散文推荐獎。出版散文集、時事評論集、小說集、文學研究文集二十餘種。

體悟篇

體悟類極短篇其實有許多前身可以討論，小故事大道理只是其中一種，我們甚至可以追溯到禪宗公案，可謂歷史悠久。但無論哪一種，都和極短篇有段距離，因為極短篇是小說，必須有文學性，且以情節為主體，執掌教化並非本質，頂多只是目的。

絮絮叨叨說教幾百次，能給人帶來的影響往往不如事件發生一次。故事對人思想轉變有效果的原因，在於故事多少能模擬真實事件，有些狀況可以讓讀者或聽眾觀眾思考。極短篇既然可以講故事，就可以講促發讀者思考的故事。

體悟類型的極短篇，若能寫好，就有理之「乍現」的特質，也就是初讀時不會發現作者在說理，讀完卻令讀者有所思，是種有警醒感之後的反躬自省。本書分的三大類極短篇，體悟類最難寫，初學者可以使用自己或親友的真實體驗為題材，較有機會寫出佳作。

敗績

張至廷／作

吳鏢頭叫作吳志奇，這雖不是秘密，但整個鏢局裡只有幾個帳房管事知道，連總鏢頭跟同儕都喚他吳痲子，趟子手跟雜工則叫他吳鏢頭，壓根兒沒人記得住他的大名。吳鏢頭綽號「鐵拳」，局子裡倒是大家知道的，然就是出了鏢局也並沒有輪他報萬兒的份：「在下人稱鐵拳吳志奇。」故江湖上也就幾個同行朋友知他吳痲子哥號稱「鐵拳」。

吳痲子鏢頭這行飯吃得很穩實，雖然不大傑出，但久來大家都知道他手底硬紮，幾次護鏢遇上動手的辰光，他總能放倒幾個，即便拼得一身皮肉傷，鏢局上下都視他是走鏢的好手，雖不是太重視，卻承認他是得力的。至於他的武功究竟好到什麼程度，這沒人考究過，反正再高高不過總鏢頭，不是嗎？不論勝敗，路上鬥匪酋的總是總鏢頭或副總鏢頭，哪有他痲子哥出頭叫字號的份？能把嘍囉多收拾幾個，已經是能手啦，當然不能對一個普通鏢頭寄予過多的期望跟要求，例銀才多少哇？是唄？

這回吳痲子哥可鬧笑話啦，告假兩個月，大家以爲他回鄉下探親，誰知山東那兒的同行卻輾轉傳來消息，說咱們江南一帶一個鏢局子鏢頭姓吳的，跑到泰山參加武林大會，還去打那爭奪武林盟主的擂台，在擂台上被一個匪類，武夷派玉面魔的大弟子金蜈蚣劉彪給一腳踹下台。吳麻子銷假回來，大夥兒忙動問，他只得訕訕地承認了。總鏢頭這樣論斷：「這吳麻子身手再紮實，也不過會得一手太祖長拳、岳家散手，能耍一套四門刀、五虎斷門刀，都是流傳極廣的武術，不是什麼秘學，這在江湖上走走可以，要說是武林爭雄，沒門兒。」總鏢頭是武當派出類拔粹的俗家弟子，武林中有他的地位，說出話來自是人人點頭稱善。

吳麻子雖沒爭到那武林盟主寶座，大家也只是笑他，並沒就此瞧不起他。本來嘛，一直以來，在野地裡殺起強盜，他麻子哥就是一把能衝能撞的硬手，不能因爲他奪不到武林盟主就說他不成，不是嗎？

後來走鏢到武夷山，吳鏢頭倒是極露臉地證實了自己的武藝，不是玩兒的。劫鏢的盜夥和鏢頭們各死傷一半，總鏢頭也給領頭的劉彪削去右膀一塊肉，劍快抓不住啦。情勢危矣殆矣，吳鏢頭丟下了嘍囉跳過來把總鏢頭替開，吳、劉兩個老相好便豁命狠鬥起來。

這一役，吳鏢頭一共被劉彪踢翻三次，刀口被蜈蚣鉤砍得變成鋸齒刀，可最後用幾道皮肉傷口卻換來劉彪的腦袋。剩下一半的群盜看首領飛了頭，那掄鋸齒刀的浴血猛漢大聲喊殺衝過來，都是無心戀戰，一哄而散。

回鏢局之後，總鏢頭心灰意懶，便辭走了，換他的師弟繼任總鏢頭。吳鏢頭則照舊，除了大夥兒喝酒時愛嘲笑他爭武林盟主之外，他這平庸的鏢頭還是幹得挺愉快的。

論起一生打鬥無數，實在鐵拳吳志奇僅只敗過爭奪武林盟主那一次，因爲，被踢下台就算輸。

賞析

〈敗績〉的聲口是漂亮的武俠說書。作者張至廷擅長用第三人稱寫小說，各種不同題材適合不同氛圍，各種說書腔調和模式，都能掌握，可說是演什麼，像什麼。

光是讀〈敗績〉體驗聽說書的感覺就很精采，此文要談的哲理又讓它好上加好。

主角鐵拳吳志奇，綽號吳麻子，擔任標頭。他不是個閃閃發光的人，連名字也沒幾人認得，但他在職場上仍算是中流砥柱，走鏢時收拾過不少嘍囉，表現從未讓人失望，鏢局裡的大夥兒都信任他。吳鏢頭大概是覺得自己的名聲和本事不相稱，於是去打武林盟主的擂臺，卻被一匪類踹下臺，丟臉死了，還被鏢局同事當嘲笑話題。可後來走鏢被那個當初踹他下臺的匪類搶劫，有名氣有背景的總鏢頭慘敗辭職，反而是吳鏢頭成功護鏢。

太多人執著於一時成敗，瞧不起沒有身家背景的人，然而，百折不撓才是最後的勝者，〈敗績〉裡的吳鏢頭就是最好的例子。

作者

張至廷，新竹教育大學中文系及靜宜大學臺文系兼任講師。著有微小說集《在僻處自說》、《在僻處自說2》、長詩集《吟遊・奧圖》、長詩集《西藏的女兒》獲選2013臺中市作家作品集（2014出版）、崑劇新編劇本《思凡色空》、合編劇本《聊齋》參演2013上海國際藝術節等。

超人

臥斧／作

只要抽了菸，他就可以在一定時間內擁有超能力。

菸一次抽得多或少，對擁有超能力的時間長短沒有影響，但抽得愈多，在那段時間裡的超能力就愈強。

兼顧私人工作與拯救世界的使命實在有點兒累人，不過他認爲自己的重擔總有一天可以卸下。

這天他咳了幾聲，然後想到，一定是爲了增加超能力的緣故，菸抽得太兇了。

他隱隱瞭解，這將會是他放下責任的契機。該繼續抽菸爲萬民奔命？還是該爲自己的健康著想？

去看醫生之前，他還沒想到一個確切的答案；檢查都做完了，他也還沒想出如何才好。

他在診療室等著，醫生拿著報告走了進來。醫生將要宣布我不應該再抽菸；他想：然後我就得做出決定了。

您的身體非常健康；醫生拍著他的肩膀，笑咧了嘴：一點兒問題都沒有。咳嗽可能只是一時支氣管裡頭吸進了髒空氣而已，別耽心。

就這樣？他拿著報告走出醫院，才反應過來：咳那幾聲根本對自己是否要繼續當超人毫無影響。

遠處似乎傳來尖叫。他下意識摸出口袋裡的菸，搖出一根。叼菸上嘴的剎那，他突然很想把菸戒掉。

賞析

做別人要求自己做的事，或是做被灌輸自己應該做的事，做到很累很想休息，卻找不到藉口休息；這種經驗常發生在被父母嚴格控管或是自我要求高的人身上。能力差的人往往被要求的少，能力強的人則是被超人般要求；其中對比，有時會讓人想裝笨裝弱或許還會比較好過。

〈超人〉裡的主角就是這樣，因爲有能力做就被要求做，終於覺得力不從心，無意識裡想找藉口休息，但是意識層面又覺得別人受苦而不去營救是錯誤的。好不容易有了咳嗽幾聲做轉機，期待可以當成戒菸藉口而不必繼續當超人，卻被宣告咳那幾聲對他要不要繼續當超人毫無影響；因此他終於得靠自己的意志決定自己是否能勇敢地拒絕繼續當超人。

臥斧擅長用超乎尋常的設定，寫尋常人情；既豐富閱讀樂趣，又能引起讀者共鳴。

作者

臥斧，男性，唸醫學工程但是在出版相關行業打滾。著有：《給S的音樂情書》（小知堂）、《塞滿鑰匙的空房間》（寶瓶）、《雨狗空間》（寶瓶）、《溫啤酒與冷女人》（如何）、《馬戲團離鎮》（寶瓶）、《舌行家族》（九歌）、《沒人知道我走了》（天下文化）、《碎夢大道》（讀癮）。喜歡說故事，討厭自我介紹。

男女

孫梓評／作

她決定再去一次太魯閣，當初，他就是在那裡跟她求婚的。這麼多年來，山水改變的痕跡不大，倒是他們都微微發福，有了中年男女的樣子。

走在九曲洞裡，穿過一盞盞橘色的燈光，身邊仍看得見幾對年輕的戀人。她嘆了口氣，彷彿看見當年的自己。不經意地，聽到其中一對的談話，女孩問：「你想，山為什麼願意裂開自己，讓水經過？」男孩沉默了一會兒，笑著反問：「你怎麼知道，不是因為那兩座山先決定要離婚了，這條河才趁虛而入？」

回家後，她簽下那紙離婚同意書。

賞析

〈男女〉用淺白的比喻，討論了所謂「第三者」到底是不是離婚的元兇。

男女因有愛而結婚，女主角覺得既然結婚就是一體的，不能理解丈夫多年後為何要提離婚，於是重遊當年丈夫向她求婚的舊地，她才發現結婚不代表夫妻一體，而只是相連的兩座山，夫妻不知已離心多久，這天之前的她渾然不覺。丈夫想離婚，並不見得是愛上小三之後變得不愛她，（單純愛小三的往往會腳踏兩條船而非主動提離婚），更可能的是先不愛她了才去跟別的女人在一起。這個體悟來自無意間聽到的對話，旁觀者的哲理——

「你怎麼知道，不是因爲那兩座山先決定要離婚了，這條河才趁虛而入？」

作者

孫梓評，一九七六年生。東吳大學中文系，東華大學創作與英語文學研究所畢業。著有詩集《如果敵人來了》、《法蘭克學派》、《你不在那兒》、《善遞饅頭》；散文集《甜鋼琴》、《除以一》、《知影》；短篇小說集《星星遊樂場》、《女館》；長篇小說《男身》、《傷心童話》；與吳岱穎合編《生活的證據：國民新詩讀本》。

迷路

黃春明／作

土虱是村子裡最會躲迷藏的小孩；每次一躲起來，就讓人找不到他。所以只要他不當鬼，他就帶幾本漫畫書一邊藏、一邊看。

有一天，他們玩捉迷藏的時候，土虱帶了一口袋的花生米，還有一疊漫畫書，藏在年久堆在一起的骨甕金斗那裡，借草叢遮他。這次的鬼早就發現他藏在那裡，就是故意不去捉他。

天快暗了，小孩子散了，回家了。土虱書也看完了，口袋裡的花生米連最後一粒霉了的也不放過，吃光了。

他很得意而驕傲的鑽出來。

咦？人沒了。

他也找不到路回家。

他迷路了。

賞析

這是一個從捉迷藏演變成鬼打牆的故事。

許多人玩過捉迷藏，不同處在於玩的地點，範圍大又有地方躲的比較好玩，沒什麼地方躲就變成只是看誰跑得不夠快而不夠好玩，完全沒地方躲就只能玩紅綠燈、鬼捉人之類的遊戲，而不能玩捉迷藏了。

〈迷路〉裡的土虱善於躲藏，怕躲得太無聊，於是養成了帶幾本漫畫書打發時間的習慣。這次，土虱躲的位置，以民俗信仰來看，在那種地方玩實在十分不敬，會惹到鬼。土虱只想著不被捉，根本不管自己躲哪裡。平常，遊戲中的鬼不會發現他；這次，「鬼」發現他了，但這鬼可不是平常捉迷藏的鬼。等天快暗了，「鬼」終於打算捉土虱來玩了，土虱因此進入了另一個空間，原本應該很熟路的他，竟然迷路了。

〈迷路〉裡「鬼」的身分，途中悄悄改變，成爲此篇小說能出人意料的關鍵。

作者

黃春明，一九三五年出生於宜蘭羅東，筆名春鈴、黃春鳴、春二蟲、黃回等。

屏東師專畢業，曾任小學教師、記者、廣告企劃、導演等職。曾獲吳三連文學獎、國家文藝獎、時報文學獎、東元獎及噶瑪蘭獎等。著有小說、散文、童話繪本、戲劇腳本、編著等二十餘種。

巢

林婉瑜／作

野鴿選擇在窗外的陽台做窩。

我很好奇是甚麼召喚了牠們，讓牠們選擇這裡而不是他處；「六樓，陽台」，既不是其他樓層，也不是暗示「家的可能」的其他場域。

一開始是發現陽台地上有幾根樹枝，後來樹枝更多還有不知哪來的布條、碎報紙。風帶來的嗎？懷疑的同時，不太像巢的稀落樹枝堆中出現一顆鴿蛋解答我的疑惑，這些布置是野鴿完成的。

甚麼召喚牠們，說明這裡可以是以後安身立命之處？

牠們對此地的信任終被推翻。顧慮衛生問題與屋內小孩的健康，我們終於為了維護自己的巢，毀了牠們的巢。

賞析

安身立命的巢，既是努力建構得來，卻也必須仰賴天意。只要出現強大外力，好不容易找到的居所，就會毀於一旦。野鴿的巢如此，人類的巢未嘗不是如此？

〈巢〉的敘事者細心觀察野鴿築的巢，從樹枝、布條、碎報紙，到終於出現鴿蛋，一步步趨於完整。觀察的同時，試著從野鴿子的角度揣摩，爲什麼選擇這裡築巢，到底這裡有什麼值得野鴿子信任的？在觀察思考的時候，最貼近野鴿子的想法，最有機會讓野鴿子的巢留下；然而，敘事者還是毀了野鴿子的巢，爲了維護自己的巢。

孟子說「惻隱之心，人皆有之」，所舉的例子是看到陌生小孩快掉到井裡去的反應。可是，如果快掉到井裡的是仇人呢？是危害社會大眾的人呢？難道眞的是一樣的反應嗎？如果幫助別人必須犧牲自己或是犧牲自己最愛的人，或是幫助過程很艱難也不一定幫得上忙，這樣還要幫嗎？〈巢〉的作者不提問，而是用簡單的野鴿子築巢事件，刺激讀者思考。

作者

林婉瑜，臺北藝術大學戲劇系畢業。曾出版詩集《愛的24則運算》、《那些閃電指向你》、《可能的花蜜》；編有《回家——顧城精選詩集》（與張寶云合編）。

掉

蔣雨儂／作

春夜，天地迎她以淋蓬頭，而她在雨中尋尋覓覓。幾個小時前，她發現自己弄丟了一個黑色皮夾，裡面有近萬元生活費，及林林總總的有15張卡片與證件的。她重新走一趟，打從黃昏起路過的行程，希望黑鴉鴉的皮夾隱藏在暗夜裡，還沒有被人撿走……

她去了圖書館借、還書，也去到超商採買泡麵、咖啡飲料與生菜沙拉，那是她最後一次看到皮夾，那以後呢？她拼命倒帶，想想自己還幹了些什麼？這下子她還順便想起媽媽說的……妳啊！從小就只記得吃喝玩樂，搞得自己肉呼呼的，糊里糊塗的，進了考場，就掉分數。帶傘出門，傘離了手，就等同掉了。妳媽我啊！我眞耽心哪天腦袋也掉了可怎麼辦……。咳！算了，丟東西，不丟心情啦！

這是媽媽的結論。可這回她眞的苦一張分不清是雨是淚的臉，想起一堆證件，要一處一處的跑重辦。而且沒錢可用，本月的打工費，還要25天後才會下來，請南台灣的媽媽借筆款給她？還是有好心的人會寄到學校去給她？

接下來日子，她沒有等到奇蹟，倒是靠著意志力，以猛灌水、啃幾包泡麵與生菜沙拉，與偶爾的同窗小請客度過了。這一天，她來到了磅秤上，發現她又掉了一樣東西，可這回她滿開心的。她掉了5公斤，那大頭鏡更明顯的告訴她，她其實還掉了一隻雙下巴。

賞析

弄丟東西是多數人都有的經驗，基於這個「共相」，〈掉〉的作者寫了個迷糊蛋女孩弄丟皮夾後的個別故事當「殊相」。

小說中有共相是因爲需要激發讀者共鳴，無論是類似的經驗，還是身爲相同族群的處境，或是身爲人類的共通情感，有了共相，讀者才能理解小說作品，才會受其感動。至於殊相，是讀者能繼續閱讀小說的必要條件，因爲人們有好奇心，需要新故事；殊相是區別這個故事和那個故事的基礎，也是作者告知讀者新想法的最佳媒介。

〈掉〉的主角掉了東西。身爲超級迷糊蛋的她，竟然把所有家當都放進同一個黑皮夾，顯然不知道雞蛋不能放同一個籃子裡的道理，這次弄丟的就是這個黑皮夾。描述了刻苦過日的因應生活之後，是安排轉折的好時機，主角站上體重計，才發現塞翁失馬焉知非福，這次掉的終於是她想掉的東西了。

利用極短篇末尾的轉折帶出主題的方法，是很四平八穩的；〈掉〉在此處勝人一籌的是它很自然，令主角意外，卻是事理的意料之內，讓人會心一笑。

作者

蔣雨儂，一個期待將風雨織錦成彩虹的女人。臺藝大應用媒體藝術研究所。經歷：平面媒體記者、主編、電視臺編導。著作：《孩子心玻璃心》、《紅塵》等五書。

犧牲

三色弦／作

現在，四周火舌正狼吞虎嚥，濃煙逐漸剝奪我的視線。動彈不得的我，眼看即將吞噬我的祝融狂飛亂舞，我趕忙搜尋主人的身影。遙想當年，當我感到自己的存在是如此卑賤失格時，主人大方地收留我，賜我華衣，託我管理農場，幫忙嚇跑偷糧的盜賊，讓我重拾人之價值。我早有將生命交付給他的覺悟，是時候了。

夥伴正催促著男人上路。

「該離開了，敵軍隨後就到。」

「再一眼吧，這片田和稻草人就這樣一把火燒了，心疼呀。」

賞析

〈犧牲〉是在臺灣極短篇作家協會辦的「物品聯想」徵文中發現的閃亮作品。

此文的聯想物是稻草人。前半段是用稻草人的視角講正在被焚燬的他，當初是如何得到工作和尊嚴，如今則爲了回報主人而在最後的工作中結束生命。該文後半改以第三人稱敘事，因前半段的稻草人已被燒死，更因要說明戰爭是要燒掉田和稻草人的原因。

戰爭的殘忍在於人命可以被放棄、環境可以被犧牲，人都已經不被當人看了，更別說農人是否仍有田可耕，稻草人是否有意義存在。〈犧牲〉裡的堅壁清野，國小時讀世界歷史知道俄國就是用這個方式阻斷拿破崙的野心，當時只覺得是戰略，後來才知道這有多可怕，再長大後發現這可怕度還不及世界大戰時的德軍戰略，戰後美國搞的決戰境外和生化武器更是令人髮指。

然而，不管人在戰爭裡再怎麼卑微，仍有求生意志，仍對已投入感情的人或物保有愛；所以〈犧牲〉裡的稻草人的主人，才會捨不得離開已放火燒的田和稻草人吧。

作者

三色弦，一九七九年生，臺北大稻埕人。二〇一〇年，於美國完成深造準備歸國就業時，於報刊網站首次接觸到極短篇小說的創作概念，開始投入創作行列。作品主要發表於《聯合報》和《自由時報》，亦曾入選臺灣極短篇作家協會的徵文。

骰子戲

顧蕙倩／作

鐘聲又響了。你拿著一本四維八德標準答案的教科書，今天課程要闡明的是勤儉的美德。眼前蠢蠢欲動的是Z世代的少年；昨天考卷上的第五題標準答案不應該只是(2)，老師，(3)名和利為什麼是君子所不恥呢？

揮汗如常地解釋標準答案的必要後，你背向我們在黑板上寫著「人生沒有答案」，你常告訴我們，自己很質疑是否要做一個燈塔、舵手。

在日復一日轉著相同方向的電風扇下，你時常想著這季夏日你已拿出多少資金來下注，而荷包裡還剩多少。坐在神聖殿堂的我們像一把把骰子，你在每一場的賭局前賣力地押出法寶，骰子們紛紛轉動著自己的身軀，總是要有個數字朝向無言的天花板，而你口中念念有詞的數字，未必就是這些骰子各自的命運，所以，你並不輕易說著確定的標準答案。

但是這場遊戲還是要玩下去！

你努力掏出所有，讓遊戲更具可看性，也謹慎地握著骰子，自手中一個個釋放，讓其各自旋轉，然後一一靜默。

不管輸贏，你總是笑著說，荷包沒剩多少囉，不過沒關係，反正上帝口袋也是破個大洞的。

賞析

老師可以教出傑出的學生？妄想！但這是必要的妄想。如果沒有這個妄想，很多老師就會失去動力。

〈骰子戲〉裡的「你」就是看出妄想卻與這個矛盾共存的人。「你」的眼中，希望看到如你希望那樣成長茁壯的學生，仍容許學生各自成爲各自的樣子；爲此，你加倍努力，把時間精力當賭注，期望寄託在學生（骰子）上，雖然想像著的數字並不見得會出現在所有骰子上，但你勝不驕敗不餒，繼續下一把賭注。

或許知道要學生成爲自己想的樣子是妄想，就會懷疑自己適不適合當老師，覺得自己根本不是燈塔或舵手；發現這是妄想，但仍孜孜矻矻於教學，不得不說這種薛西弗斯式的努力也是跟命運挑戰的一種方式。

老師當然沒有神的能力，無法把學生全都變成特定的樣子；但老師可以效法神的胸襟，不怕付出、不計得失。

作者

顧蕙倩，淡江大學中文所碩士，佛光大學文學系博士。曾任《迴聲雜誌》採訪編輯、《新觀念雜誌》採訪編輯、《中央日報》副刊編輯、《聯合報》副刊專欄作家、師大附中國文科專任教師，銘傳大學應中系兼任助理教授，現任臺灣師範大學國文系兼任助理教授。曾獲師大噴泉詩獎、第一屆現代詩研究獎、國立臺灣文學館愛詩網現代詩獎、2014教育部特色課程特優獎、廣播節目金鐘獎等。著有詩集，散文集，論文集十餘種。

盆栽

張春榮／作

夏日黃昏，悟能意態闌珊走上頂樓，陽臺上的盆栽久未澆水，七里香的枝幹有一半枯槁，鐵樹的長葉發黃卷曲，萬年青的外緣也綠中帶黃。這些盆栽，包括聖誕紅、仙丹花、百合花，都是和前女友春嬌從建國花市買回，一路拎上來，兩人相識而笑，莫逆於心。喜歡是淺淺的愛，愛是深深的喜歡。一花一天國，一沙一世界；納無限於掌心，見永恆於剎那。春嬌是悟能喜歡的型，笑起來可愛，說起話來溫婉，秀髮披肩，十足「小清新」。大學四年當了室友戲稱的馬子狗」、「召喚獸」，悟能毫不在乎。反正低低低，低到塵埃，能獲得春嬌青睞，就是演出精采，心花朵朵開。女爲悅己者容，男爲悅己者窮，又有何妨？一個月家教賺的錢，一個晚上龍蝦大餐就花光；回到宿舍，再吃泡麵，也是甘之如飴。悟能喜歡看偶像劇，自己長相雖然只能當綠葉，起碼可以給春嬌這朵紅花浪漫的約會。只要看春嬌巧笑倩兮，美目盼兮，再怎麼跟老媽借錢，也値，老媽再怎麼賞衛生丸：「你啊！交女朋友，本錢要花這麼凶？不要當凱子！」悟能不以爲意。

昏黃夏日，悟能獨上頂樓，七里香仍堅持它半身枯槁中的一葉葉圓綠，鐵樹旁的土乾硬，萬年青只剩內緣還抽條青綠，四周已枯黃委地，彷彿爺爺不疼奶奶不愛的孤兒。悟能畢業後，在科學園區上班，春嬌在航空公司上班。論及婚嫁，在咖啡屋鵝黃燈光下，輕柔音樂悠悠浮升，春嬌保持她一貫淺淺笑靨：「我沒什麼要求，我只要求在峇里島結婚，景美水美，拍起來更美。」悟能內心直嚷嚷，不會吧！春嬌兩眼迷濛：「我一輩子的夢想，九千九百九十九朵玫瑰，月光燭光，白淨沙灘，海邊帳篷，長白婚紗，四天三夜，超浪漫的夢幻婚禮，一想到就幸福破表。悟能目睹春嬌心中的「公主」終於現身，一定受「隆詩戀」世紀婚禮的洗腦。問題四天三夜，包括招待親友食宿、來回機票，此事非同小可，這不是「錢」的問題，而是「很多錢」的問題。春嬌深情款款注視悟能：「我這小小的心願，你該不會不答應吧？」悟能大略估算，這起碼要花上一個億，悟能僵著笑，不置可否。

回家，悟能向老媽言明春嬌要求。老媽大叫：「我們家是開銀行？不要拿香跟人拜！大明星、富二代去峇里島燒錢，你們也要去燒？錢是螺殼，自己印的？」一陣劈哩啪啦，炸得悟能囁嚅無言。

是啊！一個億是最佳僕人，也是最恐怖的主人。悟能此刻直覺「錢不會咬人的手，但卻像蟲子咬人的心！」凡夫俗子剛結婚，就戴上沉重的金鐐銀銬，再強的馬子狗也會伸長舌頭累垮，再神的召喚獸也會爆肝，四腳朝天。悟能倒抽一口冷氣。

同樣的咖啡屋，一樣角隅，不一樣輕音樂，悟能小心翼翼向春嬌提：「島內結婚也可以拍得美美的。峇里島改成八里、淡水，也可以陽光、波光、沙灘、夕照，拍出夢幻婚紗照。據小燕姊參加『隆詩戀』峇里島婚禮說：『浪漫是浪漫，浪費時間，天氣太熱，動不動就流汗，什麼都很慢。』」

春嬌臉垮下來，一貫淺淺的甜笑蒸發，嘴角下垂：「連我這一生唯一一次小小的要求，你都做不到。」春嬌扁著雙唇，白悟能一眼：「八里、淡水？你敢說我不敢聽。我姊妹淘聽到，一定笑掉大牙，土斃了！」

悟能急急撇清：「不是，等我們以後有個億，再去補照！」裡子比面子更有意義。對月入十萬的他，眞的不必打腫臉，充大胖子。悟能和春嬌在一起，他的存摺像冬天的雪，積起來很慢，花起來很快。

「那不一樣！」

春嬌起身拿包，頭也不回離去，悟能趕忙追上。

「沒有峇里島，一切免談！」斬釘截鐵，沒什麼好商量，便搭車絕塵消失。

悟能愣在當場。

第一滴眼淚是狼狽，第二滴眼淚是崩潰……

悟能終於正視他和春嬌這幾年「溝是通的」，純屬一廂情願。一旦認知有差，便溝而不通。沒有峇里島就被「巴」，賞一巴掌？

自此兩人由情感變成情緒，手機變成關機；漸行漸遠，春嬌在父母安排下，和高富帥的男子交往。

終究峇里島，是巴望不到就分離的島。悟能與春嬌原先金魚缸式的一心一意，變成三心兩意，糾成一團心結，再也不能結伴。兩人，從此你走你的陽關道，不同心，怎麼能同行？

同事得知悟能和春嬌分手，紛紛勸道：「長痛不如短痛，不是兄弟唱衰，春嬌你交得起，不一定娶得起；娶得起，也養不起。」、「天涯何處無芳草，要娶把你當寶的，不是當草，當寶麗龍的。分手也好，早分早了。」

悟能沉默再沉默，原來美麗的女子眞是「眼睛的天堂，口袋的地獄。」沒有一個億，湧來湧去，兩人世界就鏗然崩裂，只剩下回憶。縱然再怎麼兩小無猜，再怎麼「對你愛愛愛不完」，只要口袋不夠深，便是「庭院深深深幾許，寒鴉夜夜夜半啼」，沒有給力，沒有奇蹟，只有把你一腳踢開，沒有抱歉，只有拜拜，不必再相見。鳳凰于飛，終成各自單飛……

悟能自悠悠回憶收回神傷，回到現實，靠牆俯首，兩條長長褐黑的鬚根沿著磁磚邊緣，進入眼簾；無聲無息，一直向牆角積著雨水的塑膠桶匍匐，前進。

這？……目光逡巡，這該是萬年青的鬚根，在尋找水源！蹲下身來，悟能赫然發現鐵樹的鬚根往萬年青的底部延展，七里香的鬚根也往鐵樹的底部延展。他掀開盆栽底部，三個盆栽的鬚根完全糾結，串連在一起，彼此相依共存，展現絕處逢生的生命力，相濡以沫，共度難關；只要「一根有水」，便可雨露均霑，「分送三家」。這是高樓盆栽的宿命，抗旱大作戰，同氣連「根」，持青凝綠，共同尋找生命的出口，生命共同體的生機。

凝視鐵樹、萬年青、七里香的「根連根，心連心」，悟能心頭一凜，男女兩人世界不也當如此？只要同聲相應，同氣相求，男女搭配，幹活不累。只要兩人能合得來，兩人同心，其利斷金，再怎麼的困境也能突圍，也能比翼雙飛，逆光飛翔，共享生命的苦汁與甜汁。悟能深深慨歎。

緣分是什麼？當你想談戀愛，對方出現；當你想結婚時，對方在你身邊。

福分是什麼？當你們論及婚嫁時，兩人有福同享，有難同當，你我不分，相知相守，相伴到老。

望著眼前盆栽，妻短髮的鵝蛋臉在眼前溫馨浮升。五年來，妻和他胼手胝足，打造「愛的小窩」。妻不在意悟能「長得很耐看，很忍耐的看」，不在乎他「我是一隻小小小鳥，飛也飛不高」。不在乎在八里、淡水照婚紗，只在乎他的安全感、責任感；悟能倍感窩心。有福同享，快樂增加一倍；有難同當，痛苦減輕一半。夫妻同心，互濟提攜，才能泥土變黃金；相互跨界，彼此妥協，才有和諧。這是三個盆栽給悟能的開示，靜若響雷，震撼心田。

悟能一回神……「下來吃飯嘍！」妻清亮嗓音自樓梯口傳來。

賞析

陽臺上許多久未澆水的盆栽，包括百合花、聖誕紅、仙丹花都已泰半枯槁，只剩下鐵樹、萬年青、七里香「同氣連『根』，持青凝綠，共同尋找生命的出口」。作者藉此現象暗喻生命裡浮誇物慾的追求，終究不敵現實生活衣暖飯飽的實際。「盆栽」是從大自然中被移植到城市陽臺的風景，原本各自獨立的樹種爲求生存，紛紛跨域共同分享並珍惜著寶貴的雨露與陽光，終至互相盤根錯節。文中主角悟能斬斷了與春嬌的牽連後反而活出一己生命該有的樣態，內容深刻且具反思。

本文自抒情出發，操作知性文字，且巧用俚俗能解的套語與成語，令讀者印象深刻，讀來多有會心，俱見作者工於修辭與謀篇。

作者

張春榮，臺灣師範大學國文研究所博士；現任教於臺北教育大學語創系，兼任臺灣師範大學國文系教授。著有《狂鞋》、《南山青松：張春榮極短篇》、《極短篇的理論與創作》、《修辭行旅》、《修辭萬花筒》、《修辭新思維》、《國中國文修辭教學》等。

Note

國家圖書館出版品預行編目資料

當代極短篇選讀／陳謙，古嘉編著．－－初版．－－臺北市：五南，2018.08

面；　公分

ISBN 978-957-11-9818-7（平裝）

1.國文科　2.讀本　3.寫作法

836　　　107011549

1XCP 現代文學系列

當代極短篇選讀

編　　著— 陳謙　古嘉

發 行 人— 楊榮川

總 經 理— 楊士清

副總編輯— 黃惠娟

責任編輯— 蔡佳伶

校　　對— 簡妙如

封面設計— 王麗娟

出 版 者— 五南圖書出版股份有限公司

地　　址：106台北市大安區和平東路二段339號4樓

電　　話：(02)2705-5066　　傳　　真：(02)2706-6100

網　　址：http://www.wunan.com.tw

電子郵件：wunan@wunan.com.tw

劃撥帳號：19628053

戶　　名：五南圖書出版股份有限公司

法律顧問　林勝安律師事務所 林勝安律師

出版日期　2018年8月初版一刷

定　　價　新臺幣200元

凝煉知識品味閱讀

凝煉知識品味閱讀